Jacques Prévert

Histoires

HISTOIRES

ENCORE UNE FOIS
SUR LE FLEUVE

Encore une fois sur le fleuve
le remorqueur de l'aube
a poussé son cri

Et encore une fois
le soleil se lève
le soleil libre et vagabond
qui aime à dormir au bord des rivières
sur la pierre
sous les ponts
Et comme la nuit au doux visage de lune
tente de s'esquiver
furtivement
le prodigieux clochard au réveil triomphant
le grand soleil paillard bon enfant et souriant
plonge sa grande main chaude dans le décolleté de la
        nuit
et d'un coup lui arrache sa belle robe du soir
Alors les réverbères

les misérables astres des pauvres chiens errants
s'éteignent brusquement
Et c'est encore une fois le viol de la nuit
les étoiles filantes tombant sur le trottoir
s'éteignent à leur tour
et dans les lambeaux du satin sanglant et noir
surgit le petit jour
le petit jour mort-né fébrile et blême
et qui promène éperdument
son petit corps de revenant
empêtré dans son linceul gris
dans le placenta de la nuit
Alors arrive son grand'frère
le Grand jour
qui le balance à la Seine

Quelle famille

Et avec ça le père dénaturé
le père soleil indifférent
qui
sans se soucier le moins du monde
des avatars de ses enfants
se mire complaisamment dans les glaces
du métro aérien
qui traverse le pont d'Austerlitz
comme chaque matin
emportant approximativement
le même nombre de créatures humaines

de la rive droite à la rive gauche
et de la rive gauche à la rive droite
de la Seine
Il a tant de choses à faire le soleil
et certaines de ces choses
tout de même lui font beaucoup de peine
par exemple
réveiller la lionne du Jardin des Plantes
quelle sale besogne
et comme il est désespéré et beau
et déchirant
inoubliable
le regard qu'elle a en découvrant
comme chaque matin
à son réveil
les épouvantables barreaux de l'épouvantable bêtise
    humaine
les barreaux de sa cage oubliés dans son sommeil
Et le soleil traverse à nouveau la Seine
sur un pont dont il ne sera pas question ici
à cause d'une invraisemblable statue de sainte Gene-
    viève
veillant sur Paris
Et le soleil se promène dans l'île Saint-Louis
et il a beaucoup de belles et tendres choses
à dire sur elle
mais ce sont des choses secrètes entre l'île et lui
Et le voilà dans le Quatrième
ça c'est un coin qu'il aime
un quartier qu'il a à la bonne

et comme il était triste le soleil
quand l'étoile jaune de la cruelle connerie humaine
jetait son ombre paraît-il inhumaine
sur la plus belle rose de la rue des Rosiers
Elle s'appelait Sarah
ou Rachel
et son père était casquettier
ou fourreur
et il aimait beaucoup les harengs salés
Et tout ce qu'on sait d'elle
c'est que le roi de Sicile l'aimait
Quand il sifflait dans ses doigts
la fenêtre s'ouvrait là où elle habitait
mais jamais plus elle n'ouvrira la fenêtre
la porte d'un wagon plombé
une fois pour toutes s'est refermée sur elle
Et le soleil vainement
essaye d'oublier ces choses
et il poursuit sa route
à nouveau attiré par la Seine
Mais il s'arrête un instant rue de Jouy
pour briller un peu
tout près de la rue François-Miron
là où il y a une très sordide boutique
de vêtements d'occasion
et puis un coiffeur et un restaurant algérien
et puis en face
des ruines des plâtras des démolitions
Et le coiffeur sur le pas de sa porte
contemple avec stupeur

ce paysage ébréché
et il jette un coup d'œil désespéré
vers la rue Geoffroy-l'Asnier
qui apparaît maintenant dans le soleil
intacte et neuve
avec ses maisons des siècles passés
parce que le soleil
il y a de cela des siècles
était au mieux avec Geoffroy-l'Asnier
Tu es un ami lui disait-il
et jamais je ne te laisserai tomber
Et c'est pourquoi
l'ombre heureuse et ensoleillée
l'ombre de Geoffroy-l'Asnier
qui aimait le soleil et que le soleil aimait
s'en va chaque jour
que ce soit l'hiver ou l'été
par la rue du Grenier-sur-l'Eau
et par la rue des Barres
jusqu'à la Seine
et là les ombres de ses tendres animaux
broutent les doux chardons de l'au-delà
et boivent l'eau paisible
du souvenir heureux
Cependant qu'au-dessus d'eux
accoudé au parapet du pont Louis-Philippe
le loqueteux absurde et magnifique
qu'on appelle
le Roi des Ponts
crache dans l'eau pour faire des ronds

Fasciné par la monotone splendeur
de l'eau courante
de l'eau vivante
sans se soucier du qu'en-dira-t-on
il ne cesse de cracher
et
jusqu'à ce que la salive lui manque
offrant ainsi en hommage
à sa vieille amie la Seine
quelque chose de sa vie
quelque chose de lui-même
et il dit

La Seine est ma sœur
et comme je suis sorti un jour
des entrailles de ma mère
elle elle jaillit chaque jour
et sans arrêt
des entrailles de la terre
et la terre c'est la mère de ma mère
et la mort c'est la mère de la terre
Et il s'arrête de cracher un instant
et il pense que la Seine va se jeter dans la mer
et il trouve ça beau
et il est content
et son cœur bat comme autrefois
et il se retrouve comme autrefois
tout jeune avec une chemise propre
qu'il enlevait pour faire l'amour
et il regarde la Seine

et il pense à elle
à la vie et à la mort
et à l'amour
et il crie

Oh ! Seine
ne m'en veux pas
si je me jette dans ton lit
c'est pas des choses à faire
puisque je suis ton frère
mais pas d'histoires
je t'aime alors tu m'emmènes
Mais attention
quand nous arriverons là-bas
tous les deux
là-bas à l'instant même
qu'on ne connaît pas
là où l'eau déjà n'est plus douce
mais pas encore salée
n'oublie pas le Roi des Ponts
n'oublie pas ton vieil ami noyé
n'oublie pas le pauvre enfant de l'amour
avili et abîmé
et dans les clameurs neuves de la mer
garde un instant ta tendre et douce voix
pour me dire que tu penses à moi

Et il se jette à la flotte
et les pompiers s'amènent

enfin voilà pour lui
comme on dit si simplement dans les Mille et Une
    Nuits
Et la Seine continue son chemin
et passe sous le pont Saint-Michel
d'où l'on peut voir de loin
l'archange et le démon et le bassin
avec qui passent devant eux
une vieille faiseuse d'anges un boy-scout malheu-
    reux
et un triste et gros vieux monsieur
qui a fait une misérable fortune
dans les beurres et dans les œufs
Et celui-là s'avance d'un pas lent vers la Seine
en regardant les tours de Notre-Dame
Et cependant
ni l'église ni le fleuve ne l'intéressent
mais seulement la vieille boîte d'un bouquiniste
Et il s'arrête figé et fasciné
devant l'image d'une petite fille
couverte de papier glacé
Elle est en tablier noir et son tablier est relevé
une religieuse aux yeux cernés
la fouette
Et la cornette de la sœur
est aussi blanche que les dessous de la fillette
Mais comme le bouquiniste regarde le vieux mon-
    sieur congestionné
celui-ci gêné détourne les yeux
et laissant là le pauvre livre obscène

16

jette un coup d'œil innocent détaché
vers l'autre rive de la Seine
vers le quai des Orfèvres dorés
là où la justice qui habite un Palais
gardé par de terrifiants poulets gris
juge et condamne la misère
qui ose sortir de ses taudis
Dérisoire et déplaisante parodie
où le mensonge assermenté
intime à la misère l'ordre de dire la vérité
toute la vérité rien que la vérité
Et avec ça dit la misère
faut-il vous l'envelopper
Et voilà qu'elle jette dans la balance truquée
la vérité de la misère
toute nue ensanglantée
C'est ma fille dit la misère
c'est ma petite dernière
c'est mon enfant trouvée
Elle est morte pendant les fêtes de Noël
après avoir longtemps erré
au pied des marronniers glacés
sur le quai
là
à deux pas de Chez Vous
Messieurs de la magistrature assise
levez-vous
et vous
Messieurs de la magistrature debout
approchez-vous

17

Voyez cette enfant de quinze ans
Voyez ces genoux maigres ces tristes petits seins
ces pauvres cheveux roux
ces engelures aux pieds et ces crevasses aux mains
Voyez comme la douleur a ravagé ce visage enfantin
Et vous Messieurs de la magistrature couchée et bien
      bordée
réveillez-vous
Il ne s'agit pas d'une berceuse d'une romance
Ne comptez pas sur moi pour chanter dans votre
      Cour
Il ne s'agit pas d'un feuilleton
d'un mélodrame
rien de sentimental aucune histoire d'amour
Il s'agit simplement de la terreur et de la stupeur
      qui se peint sur le visage de l'enfant et qui
      serre atrocement le cœur de l'enfant à l'ins-
      tant où l'enfant comprend qu'elle va avoir
      un petit enfant et qu'elle ne peut le dire à per-
      sonne pas même à sa mère qui ne l'aime plus
      depuis longtemps et surtout pas à son père
      puisque malencontreusement c'est le père qui
      très précisément est le père de cet enfant
      d'enfant

Sur un matelas elle rêvait
et autour d'elle ses frères et sœurs
remuaient en dormant
et la mère contre le mur

ronflait désespérément
Enfin toute la lyre
comme on dit en poésie

Le père qui travaille aux Halles et qui s'en retourne
    chez lui
après avoir poussé son diable dans tous les courants
    d'air de la nuit
et qui s'arrête un instant en poussant un soupir
    navré
devant la porte d'un bordel
fermé pour cause de Haute Moralité
Et qui s'éloigne
avec dans ses yeux bleus et délavés
la titubante petite lueur de l'Appellation Contrôlée
Et le voilà soudain
ancien colonial si ça vous intéresse
et réformé pour débilité mentale
le voilà plongé d'un seul coup
dans la bienfaisante chaleur animale et tropicale
de la misérable promiscuité familiale
Et le lampion rouge de l'inceste
en un instant prend feu
dans la tête du géniteur
il s'avance à tâtons vers sa fille
et sa fille prend peur...
Vous imaginez hommes honnêtes
ce qu'on appelle le Reste
et pourquoi un soir
deux amoureux enlacés sur un banc

dans les jardins du Vert-Galant
ont entendu un cri d'enfant
si déchirant

J'étais là quand la chose s'est passée
à côté du Pont-Neuf
non loin du monument qu'on appelle
la Monnaie
J'étais là quand elle s'est penchée
et c'est moi qui l'ai poussée
Il n'y avait rien d'autre à faire
Je suis la Misère
j'ai fait mon métier
et la Seine a fait de même
quand elle a refermé sur elle
son bras fraternel
Fraternel parfaitement
Fraternité Égalité Liberté c'est parfait
Oh bienveillante Misère
si tu n'existais pas il faudrait t'inventer
Et le Ministère public qui vient de se lever
la main sur le cœur l'autre bras aux cieux le cornet
        acoustique à l'oreille
et toutes les larmes de son corps aux yeux
réclame avec une émotion non dissimulée
l'Élargissement de la Misère
c'est-à-dire en langage clair et vu le cas d'urgente
        urgence
et de nécessaire nécessité
sa mise en liberté provisoire pour une durée illimitée

Et ainsi messieurs Justice sera Fête
attendu que...

A ces mots l'enthousiasme est unanime
et la tenue de soirée est de rigueur
et le grand édifice judiciaire s'embrase d'un magna-
     nime feu d'artifice
et il y a beaucoup de monde aux drapeaux
et les balcons volent dans le vent
et le grand orchestre francophilharmonique des gar-
     diens de la paix
rivalise d'ardeur et de virtuosité avec le gros bourdon
     de Notre-Dame des Lavabos de la Buvette du
     Palais
Et la Misère ahurie affamée abrutie résignée
entourée de tous ses avocats d'office
et de tous ses indicateurs de police
est acquittée à l'unanimité plus une voix
celle de la conscience tranquille et de l'opinion publi-
     que réunies
Et solennellement triomphalement reconnue d'Uti-
     lité publique
elle est immédiatement
libéralement légalement et fraternellement
rejetée sur le pavé
avec de grands coups de pied dans le ventre
et de bons coups de poing sur le nez
Alors elle se relève péniblement
excitant la douce hilarité de la foule

qui la prend pour une vieille femme saoule
et se dirige en titubant aveuglément
vers le calme
vers la paix
vers le lieu d'asile
vers la Seine
vers les quais

Tiens te voilà qu'es belle et qui m' plais

Et la Misère tressaille dans sa vieille robe
couverte d'ordures ménagères
en entendant cette voix de porcelaine brisée
et elle reconnaît Charlot le Téméraire
dit la Fuite dit Perd son Temps
un de ses plus vieux amis un de ses plus fidèles
    amants
et elle se laisse tomber sur la pierre
près de lui en sanglotant
Si tu savais dit-elle
Je sais
dit le raccommodeur de faïences
Je sais
dit le laveur de chiens
Et ce que je ne sais pas je le devine et ce que je ne
    devine pas
je l'invente
Et ce que j'invente je l'oublie
Alors fais comme moi ma jolie
regarde couler la Seine et raconte pas ta vie

Ou bien alors
parle seulement des choses heureuses
des choses merveilleuses rêvées et arrivées
Enfin je veux dire des choses qui valent la peine
mais pour la peine pas la peine d'en parler
Tout en parlant il trempe dans la rivière
un vieux mouchoir aux carreaux déchirés
et il efface sur le visage de la Misère
les pauvres traces de sang coagulé
et elle oublie un instant sa détresse
en écoutant sa voix éraillée et usée
qui tendrement lui parle de sa jeunesse
et de sa beauté

Rappelle-toi je t'appelais Miraculeuse
parce que tu habitais au sixième
sur la Cour des Miracles
près du lit il y avait des jacinthes bleues
et jamais je n'ai oublié
une seule boucle de tes cheveux
Rappelle-toi je t'appelais Frileuse
quand tu avais froid
et je t'appelais Fragile
en me couchant sur toi
Rappelle-toi la première nuit
la première fois
les nuages noirs de Billancourt
rôdaient au-dessus des usines
et derrière eux

les derniers feux du Point-du-jour
jetaient sur le fleuve
de pauvres lueurs tremblantes et rouges
C'était l'hiver
et tu tremblais comme ces pauvres lueurs
mais dans le velours vert de tes yeux
flambaient les dix-sept printemps de l'amour
Et je n'osais pas encore te toucher
simplement je regardais
le souffle de ton joli corps
qui dansait devant ta bouche
Rappelle-toi
comme nous avons marché doucement
sur le pont de Grenelle
sans rien dire
Et n'oublie pas non plus l'île des Cygnes
ma belle
avec ses inquiétants clapotis
ni la statue de la Liberté
surgissant des brouillards du fleuve
qui drapaient autour d'elle
un triste voile de veuve
Rappelle-toi les clameurs du Vel'd'Hiv'
n'oublie pas la grande voix de la foule dispersée par
    le vent
et le pont Alexandre
avec ses femmes nues
et leurs grands chevaux d'or
immobiles cabrés et aveuglés
par les phares du Salon de l'Automobile

les feux tournants du Grand Palais
Et de l'autre côté
les Invalides gelés
braquant leurs canons morts
sur l'esplanade déserte
Et comme nous sommes restés longtemps
serrés l'un contre l'autre
tout près du Pont de la Concorde
Rappelle-toi
nous écoutions ensemble
résonner dans la nuit
le doux souvenir des marteaux de l'été
quand l'été matinal
se hâte d'assembler les charpentes flottantes
du décor oriental des Grands Bains Deligny

Rappelle-toi
nous évoquions ensemble
le fou rire des filles
franchissant la passerelle leur maillot à la main
et les ogres obèses sortant des ministères
à midi
et qui tentent désespérément d'apercevoir
entre les toiles flottantes verticalement tendues
un peu de chair fraîche
et nue

Nue

Et ma main a serré davantage ton bras
Rappelle-toi
Je me rappelle
dit la Misère
Deux heures sonnaient
à la grande horloge de la gare d'Orsay
et quand tu m'as entraînée vers la berge
il n'y avait pas d'autre lumière
que celle d'un bec de gaz abandonné
devant le Palais de la Légion d'Honneur
Mais le sang pâle et ruisselant
du dernier quartier de la lune
blessée par un trop rude hiver
éclaboussait le paysage désert
où se dressaient
ensoleillées dans la clarté lunaire
d'immenses pyramides de sable
et de pierres
Tu te rappelles
Comme si c'était hier
dit le vieux réfractaire
et même que tu as dit en souriant
Comme c'est beau
on se croirait en Égypte maintenant
Et c'est vrai
que c'était beau ma belle
beaucoup trop beau pour ne pas être vrai
Et c'était vraiment l'Égypte

et c'était aussi vraiment
les eaux chaudes et calmes du Nil
qui roulaient silencieusement
entre les rives de la Seine

Et le sang ardent de l'amour
coulait dans nos veines

Rappelle-toi
Tu étais couchée sur un sac de ciment
dans un coin à l'abri du vent
et quand j'ai posé ma main glacée
sur la douce chaleur de ton cœur
ton jeune sein soudain s'est dressé
comme une éclatante fleur
au milieu des jardins secrets
de ton jeune corps couché
caché
Et n'oublie pas la belle étoile ma belle
celle que tu sais
N'oublie pas l'astre de ceux qui s'aiment
l'astre de l'instant même de l'éternité
l'étourdissante étoile du plaisir partagé

Qui pourrait jamais l'oublier

Et la Misère
souriante et presque consolée

regarde la lumière qui baigne la Cité
Près d'elle
un vieux chien mouillé tressaille
en entendant le cri d'un remorqueur
saluant encore une fois
la fin d'un nouveau jour
Et là-haut
dans le doux fracas de la vie coutumière
la Samar et la Belle Jardinière
descendent en grinçant des dents
leurs lourds rideaux de fer
Sur le quai de la Mégisserie
les petits patrons des oiselleries
parquent déjà dans leur arrière-boutique
les perruches les rats blancs les poissons exotiques
mais avant de rentrer dans l'ombre horrible
un pauvre singe bleu
jette un dernier et douloureux regard
sur le Pont des Arts
où se promène
un grand lion rouge furieux
Ce grand lion rouge
c'est le Soleil
qui traîne encore un peu avant de s'en aller
Tout à l'heure
les flics de la Nuit
à grands coups de pèlerine
vont venir le chasser
Et c'est pour cela qu'il fait la gueule
et qu'il n'est pas content

et qu'il secoue en rugissant
sa grande crinière crépusculaire
sur les passants
Et les passants se fâchent tout rouge
et clignent des yeux
Alors le grand lion rouge se marre
et il se fout d'eux
et il caresse en s'en allant
de sa grande patte rousse
nonchalamment
les reins et les fesses d'une femme
qui s'arrête brusquement
songeant à son amant
et regarde la Seine en frissonnant.

LES CLEFS DE LA VILLE

Les clefs de la ville
Sont tachées de sang
L'Amiral et les rats ont quitté le navire
Depuis longtemps
Sœur Anne ma sœur Anne
Ne vois-tu rien venir
Je vois dans la misère le pied nu d'un enfant
Et le cœur de l'été
Déjà serré entre les glaces de l'hiver
Je vois dans la poussière des ruines de la guerre
Des chevaliers d'industrie lourde
A cheval sur des officiers de cavalerie légère
Qui paradent sous l'arc
Dans une musique de cirque
Et des maîtres de forges
Des maîtres de ballet
Dirigeant un quadrille immobile et glacé
Où de pauvres familles
Debout devant le buffet
Regardent sans rien dire leurs frères libérés

Leurs frères libérés
A nouveau menacés
Par un vieux monde sénile exemplaire et taré
Et je te vois Marianne
Ma pauvre petite sœur
Pendue encore une fois
Dans le cabinet noir de l'histoire
Cravatée de la Légion d'Honneur
Et je vois
Barbe bleue blanc rouge
Impassible et souriant
Remettant les clefs de la ville
Les clefs tachées de sang
Aux grands serviteurs de l'Ordre
L'ordre des grandes puissances d'argent.

CHANSON POUR CHANTER
À TUE-TÊTE ET À CLOCHE-PIED

Un immense brin d'herbe
Une toute petite forêt
Un ciel tout à fait vert
Et des nuages en osier
Une église dans une malle
La malle dans un grenier
Le grenier dans une cave
Sur la tour d'un château
Le château à cheval
A cheval sur un jet d'eau
Le jet d'eau dans un sac
A côté d'une rose
La rose d'un fraisier
Planté dans une armoire
Ouverte sur un champ de blé
Un champ de blé couché
Dans les plis d'un miroir
Sous les ailes d'un tonneau
Le tonneau dans un verre
Dans un verre à Bordeaux

Bordeaux sur une falaise
Où rêve un vieux corbeau
Dans le tiroir d'une chaise
D'une chaise en papier
En beau papier de pierre
Soigneusement taillé
Par un tailleur de verre
Dans un petit gravier
Tout au fond d'une mare
Sous les plumes d'un mouton
Nageant dans un lavoir
A la lueur d'un lampion
Éclairant une mine
Une mine de crayons
Derrière une colline
Gardée par un dindon
Un gros dindon assis
Sur la tête d'un jambon
Un jambon de faïence
Et puis de porcelaine
Qui fait le tour de France
A pied sur une baleine
Au milieu de la lune
Dans un quartier perdu
Perdu dans une carafe
Une carafe d'eau rougie
D'eau rougie à la flamme
A la flamme d'une bougie
Sous la queue d'une horloge
Tendue de velours rouge

33

Dans la cour d'une école
Au milieu d'un désert
Où de grandes girafes
Et des enfants trouvés
Chantent chantent sans cesse
A tue-tête à cloche-pied
Histoire de s'amuser
Les mots sans queue ni tête
Qui dansent dans leur tête
Sans jamais s'arrêter

Et on recommence
Un immense brin d'herbe
Une toute petite forêt...
. . . .

etc., etc., etc.

L'EXPÉDITION

Un homme avec une boîte
Entre au musée du Louvre
Et s'assoit sur un banc
Examinant la boîte
Attentivement
Puis il ouvre la boîte
Avec un ouvre-boîte
Et place soigneusement
Très sûr de lui
Et sûr de l'ouate
L'ouvre-boîte
Dans la boîte
Et refermant la boîte
Avec un ferme-boîte
Il pose la boîte
Délicatement
En évidence
Sur le banc
Et s'en va tranquillement
En souriant

Et en boitant
Gagne les rues de la Seine
Où l'attend
Un gros cargo boat
Tout blanc
Et tout en gravissant les marches de fer
De la passerelle du commandant
En boitant
Il examine le ferme-boîte
En souriant
Et puis il le jette à la Seine
A l'instant même
Le navire disparaît
Instantanément.

CHANSON DU MOIS DE MAI

L'âne le roi et moi
Nous serons morts demain
L'âne de faim
Le roi d'ennui
Et moi d'amour

Un doigt de craie
Sur l'ardoise des jours
Trace nos noms
Et le vent dans les peupliers
Nous nomme
Ane Roi Homme

Soleil de Chiffon noir
Déjà nos noms sont effacés
Eau fraîche des Herbages
Sable des Sabliers
Rose du Rosier rouge
Chemin des Écoliers

L'âne le roi et moi
Nous serons morts demain
L'âne de faim
Le roi d'ennui
Et moi d'amour
Au mois de mai

La vie est une cerise
La mort est un noyau
L'amour un cerisier.

VOYAGE EN PERSE

Ce jour-là
la mort était déjà venue plusieurs fois
me demander
Mais je lui avais fait dire que je n'étais pas là
car j'avais autre chose à faire que de l'écouter
d'autres chats à fouetter

Et tout particulièrement le Shah de Perse
que j'avais capturé
avec un superbe morceau de viande verte
— les Shahs de Perse en sont très friands —
un jour qu'il s'en allait
avec ses gens
musique en tête
sur la route de Téhéran
C'était un grand jour de Fouette...
et il était très content
rien qu'à l'idée qu'on fouette
les pauvres paysans

Et je l'emmenais dans une grande valise
et le montrais
gratuitement
aux paysans
et puis je le fouettais publiquement
à titre gracieux
et tous les paysans étaient très heureux
Le remettant dans la valise
je continuais un peu partout en Perse
mon voyage d'agrément
Agrément pour les autres
pour les petits enfants et puis pour leurs parents
car pour moi je n'éprouvais aucun plaisir
en corrigeant le monarque
Simplement la même fatigue
qu'on a en battant les tapis
persans

C'est alors que se présenta
un animal londonien
et parfait gentleman de Limehouse sur les toits
Il était de passage et se présenta
Je suis le chat à neuf queues
je connais le travail
et peux vous donner un coup de main
Voilà mon tarif
je veux des souris tous les jours
Parfait lui dis-je parfait
Et je veux aussi qu'on me laisse m'arrêter

sur la route à mon gré
s'il passe sur cette route
la chatte qui me plaît
D'accord lui dis-je d'accord
Et qu'on me laisse lui faire l'amour
précisa le chat
Et je veux des oiseaux
pour lui en faire cadeau
D'accord d'accord tout ce que vous voudrez
lui dis-je
J'étais si fatigué
Et tout s'arrangea pour le mieux

L'animal battait le Shah de Perse
fort correctement
Et moi je battais le tambour
et les paysans étaient de plus en plus contents
et ils apportaient au chat
des souris et des rats des champs
Et pour moi
c'était comme toujours
des boissons fraîches
et de jolies filles qui m'embrassaient sur la bouche
Enfin c'était merveilleux
et même un jour
des tisserands
nous offrirent au chat et à moi
un véritable tapis volant
Vous irez plus vite nous dirent-ils

pour faire votre tournée
comme ça tout le monde persan
pourra profiter du spectacle
qui est très réconfortant
Mais voilà qu'un jour
le Shah
nous regarda douloureusement

Est-ce que ça va durer longtemps ce petit jeu-là

Je me rappelle exactement
la tête qu'il faisait et le temps qu'il faisait
ce jour-là en même temps
Un très beau temps
Nous arrivions sur le tapis
à deux ou trois mille mètres au-dessus de Téhéran
Et le chat dit au Shah
gentiment en souriant
Allez allez
Vous plaignez pas Sa Majesté
si on avait voulu
on aurait pu vous tuer
ou bien vous enfermer
dans un grand bocal transparent
avec des cornichons méchants
Et là vous seriez mort de soif
et la proie de mille et un tourments

Tout de même

dit le Shah
c'est pas des choses à faire
et puis il poursuivit
Dans les débuts ça m'a surpris ça m'a étonné et je
    dirai même que ça m'a fait plaisir pour ne rien
    vous cacher c'était nouveau vous comprenez
    mais maintenant je commence à en avoir assez
Ça fait très mal vous savez et puis c'est humiliant
    sans compter que j'ai l'air d'un zèbre maintenant
    un zèbre sur le trône de Perse avouez que c'est
    pour le moins choquant et je pèse mes mots mais
    je vous avoue là vraiment que je ne suis pas
    content mais ça alors pas content pas content du
    tout
Du tout du tout du tout
du tout du tout
du tout

Et qu'est-ce que ça peut faire
dit le chat
puisqu'on est contents
nous
Et nous descendîmes dans la ville
où partout c'était la fête
Et partout la joie de vivre
se promenait nue dans les rues
Et partout des Persans ivres
nous souhaitaient la bienvenue

Ça va
dit le chat
La vie est belle
le trône est vide
mais les tonneaux sont pleins

Hélas
je ne reconnais plus ma ville
dit le Souverain
Et qu'est-ce que je vais devenir
Moi
dans tout cela

Tu vas te rendre utile
lui répondit le chat
Et pour commencer
tu nettoieras mon plat.

VIEILLE CHANSON

Oh vous qui connaissez l'Angleterre
vous n'avez pas connu Cosy Corner
Cosy Cosy
Un soir derrière une palissade
un soir d'été
je t'ai aimée
Au milieu des tessons de bouteilles
tes cheveux roux brillaient comme le soleil
Un gros pantour qui titubait
tout doucement dans le brouillard
avec un grand geste insensé
nous a mariés sans le savoir

Mangez vos sandwiches hommes riches
buvez votre bière
Mangez vos sandwiches hommes riches
et payez vos verres
Ouvrez la porte et sortez
Celle que j'aimais est morte
J'en ai assez

Elle s'est jetée dans la rivière
la plus belle fille de l'Angleterre
Elle s'est jetée dans l'eau glacée
Disparaissez

Oh vous qui connaissez l'Angleterre
avez-vous jamais connu la misère
Cosy Cosy
tu t'es jetée dans la Tamise
un soir d'hiver
à dix-sept ans
Tu n'avais pas même une chemise
Toutes les nuits tu dormais sur les bancs
Et tu ne mangeais pas souvent
Un beau jour tu en as eu marre
Cosy Cosy je te comprends
C'était un trop beau jour vraiment

Mangez vos sandwiches hommes riches
buvez votre bière
Mangez vos sandwiches hommes riches
et payez vos verres
Ouvrez la porte et sortez
Celle que j'aimais est morte
J'en ai assez
Elle s'est jetée dans la rivière
la plus belle fille de l'Angleterre
Elle s'est jetée dans l'eau glacée
Disparaissez

La tempête souffle sur l'Angleterre
Le roi la reine et tous les dignitaires
sont décoiffés
La couronne est tombée par terre
elle a roulé
roulé roulé
et sur les côtes la mer est démontée
elle écume elle est en colère
elle engueule le roi d'Angleterre
à cause de la mort d'une enfant
Cosy noyée à dix-sept ans

Mangez vos sandwiches hommes riches
buvez votre bière
Mangez vos sandwiches hommes riches
et payez vos verres
Ouvrez la porte et sortez
Celle que j'aimais est morte
J'en ai assez
Elle s'est jetée dans la rivière
la plus belle fille de l'Angleterre
Elle s'est jetée dans l'eau glacée
Disparaissez.

L'ENFANCE

Oh comme elle est triste l'enfance
La terre s'arrête de tourner
Les oiseaux ne veulent plus chanter
Le soleil refuse de briller
Tout le paysage est figé

La saison des pluies est finie
La saison des pluies recommence
Oh comme elle est triste l'enfance
La saison des pluies est finie
La saison des pluies recommence

Et les vieillards couleur de suie
S'installent avec leurs vieilles balances
Quand la terre s'arrête de tourner
Quand l'herbe refuse de pousser
C'est qu'un vieillard a éternué
Tout ce qui sort de la bouche des vieillards

Ce n'est que mauvaises mouches vieux corbillards
Oh comme elle est triste l'enfance
Nous étouffons dans le brouillard
Dans le brouillard des vieux vieillards

Et quand ils retombent en enfance
C'est sur l'enfance qu'ils retombent
Et comme l'enfance est sans défense
C'est toujours l'enfance qui succombe

Oh comme elle est triste
Triste triste notre enfance
La saison des pluies est finie
La saison des pluies recommence.

LE RUISSEAU

Beaucoup d'eau a passé sous les ponts
et puis aussi énormément de sang
Mais aux pieds de l'amour
coule un grand ruisseau blanc
Et dans les jardins de la lune
où tous les jours c'est ta fête
ce ruisseau chante en dormant
Et cette lune c'est ma tête
où tourne un grand soleil bleu
Et ce soleil c'est tes yeux.

LE COURS DE LA VIE

Dans douze châteaux acquis
pour douze bouchées de pain
douze hommes sanglotent de haine
dans douze salles de bains
Ils ont reçu le mauvais câble
la mauvaise nouvelle du mauvais pays
Là-bas un indigène
debout dans sa rizière
a jeté vers le ciel
d'un geste dérisoire
une poignée de riz.

LE LUNCH

Le maître d'hôtel noir
est pendu après la suspension
Il a osé jeté un regard
dans le décolleté
de la maîtresse de maison.

MA PETITE LIONNE

Ma petite lionne
Je n'aimais pas que tu me griffes
et je t'ai livrée aux chrétiens
Pourtant je t'aimais bien
Je voudrais que tu me pardonnes
ma petite lionne.

AU PAVILLON DE LA BOUCHERIE

Durement
coquettement piquée
dans la viande tendre de l'étal
une rose rouge de papier
hurle à la mort
en robe de bal
Un carnivore en tenue de soirée
passe devant la fleur sans la voir
ni l'entendre
Et dans le ruisseau
du sang
sur l'eau d'abord s'étale
et puis s'écoule calmement
dans la douce chaleur de la nuit
tenant un instant compagnie
au passant.

LE MÉTÉORE

Entre les barreaux des locaux disciplinaires
une orange
passe comme un éclair
et tombe dans la tinette
comme une pierre
Et le prisonnier
tout éclaboussé de merde
resplendit
tout illuminé de joie
Elle ne m'a pas oublié
Elle pense toujours à moi.

LE TENDRE ET DANGEREUX
VISAGE DE L'AMOUR

Le tendre et dangereux
visage de l'amour
m'est apparu un soir
après un trop long jour
C'était peut-être un archer
avec son arc
ou bien un musicien
avec sa harpe
Je ne sais plus
Je ne sais rien
Tout ce que je sais
c'est qu'il m'a blessée
peut-être avec une flèche
peut-être avec une chanson
Tout ce que je sais
c'est qu'il m'a blessée
blessée au cœur
et pour toujours
Brûlante trop brûlante
blessure de l'amour.

LE BAPTÊME DE L'AIR

Cette rue
autrefois on l'appelait la rue du Luxembourg
à cause du jardin
Aujourd'hui on l'appelle la rue Guynemer
à cause d'un aviateur mort à la guerre
Pourtant
cette rue
c'est toujours la même rue
c'est toujours le même jardin
c'est toujours le Luxembourg
Avec les terrasses... les statues... les bassins
Avec les arbres
les arbres vivants
Avec les oiseaux
les oiseaux vivants
Avec les enfants
tous les enfants vivants
Alors on se demande
on se demande vraiment
ce qu'un aviateur mort vient foutre là-dedans.

FIESTA

Et les verres étaient vides
et la bouteille brisée
Et le lit était grand ouvert
et la porte fermée
Et toutes les étoiles de verre
du bonheur et de la beauté
resplendissaient dans la poussière
de la chambre mal balayée
Et j'étais ivre mort
et j'étais feu de joie
et toi ivre vivante
toute nue dans mes bras.

LA SAGESSE DES NATIONS

Minerve pleure
sa dent da sagesse pousse
et la guerre recommence sans cesse.

LES OMBRES

Tu es là
en face de moi
dans la lumière de l'amour
Et moi
je suis là
en face de toi
avec la musique du bonheur
Mais ton ombre
sur le mur
guette tous les instants
de mes jours
et mon ombre à moi
fait de même
épiant ta liberté
Et pourtant je t'aime
et tu m'aimes
comme on aime le jour et la vie ou l'été
Mais comme les heures qui se suivent
et ne sonnent jamais ensemble
nos deux ombres se poursuivent

comme deux chiens de la même portée
détachés de la même chaîne
mais hostiles tous deux à l'amour
uniquement fidèles à leur maître
à leur maîtresse
et qui attendent patiemment
mais tremblants de détresse
la séparation des amants
qui attendent
que notre vie s'achève
et notre amour
et que nos os leur soient jetés
pour s'en saisir
et les cacher et les enfouir
et s'enfouir en même temps
sous les cendres du désir
dans les débris du temps.

LA NOUVELLE SAISON

Une terre fertile
Une lune bonne enfant
Une mer hospitalière
Un soleil souriant
Au fil de l'eau
Les filles de l'air du temps
Et tous les garçons de la terre
Nagent dans le plus profond ravissement
Jamais d'été jamais d'hiver
Jamais d'automne ni de printemps
Simplement le beau temps tout le temps
Et Dieu chassé du paradis terrestre
Par ces adorables enfants
Qui ne le reconnaissent ni d'Ève ni d'Adam
Dieu s'en va chercher du travail en usine
Du travail pour lui et pour son serpent
Mais il n'y a plus d'usine
Il y a seulement
Une terre fertile
Une lune bonne enfant

Une mer hospitalière
Un soleil souriant
Et Dieu avec son reptile
Reste là
Gros Saint Jean comme devant
Dépassé par les événements.

LE BONHEUR DES UNS

Poissons amis aimés
Amants de ceux qui furent pêchés en si grande
    quantité
Vous avez assisté à cette calamité
A cette chose horrible
A cette chose affreuse
A ce tremblement de terre
La pêche miraculeuse
Poissons amis aimés
Amants de ceux qui furent pêchés en si grande
    quantité
De ceux qui furent pêchés ébouillantés mangés
Poissons... poissons... poissons...
Comme vous avez dû rire
Le jour de la crucifixion.

RÊVERIE

Pauvre joueur de bilboquet
A quoi penses-tu
Je pense aux filles aux mille bouquets
Je pense aux filles aux mille beaux culs.

SOYEZ POLIS

I

Couronné d'étincelles
Un marchand de pierres à briquet
Élève la voix le soir
Dans les couloirs de la station Javel
Et ses grands écarts de langage
Déplaisent à la plupart des gens
Mais la brûlure de son regard
Les rappelle à de bons sentiments
Soyez polis
Crie l'homme
Soyez polis avec les aliments
Soyez polis
Avec les éléments avec les éléphants
Soyez polis avec les femmes
Et avec les enfants
Soyez polis
Avec les gars du bâtiment
Soyez polis
Avec le monde vivant.

II

Il faut aussi être très poli avec la terre
Et avec le soleil
Il faut les remercier le matin en se réveillant
Il faut les remercier
Pour la chaleur
Pour les arbres
Pour les fruits
Pour tout ce qui est bon à manger
Pour tout ce qui est beau à regarder
A toucher
Il faut les remercier
Il ne faut pas les embêter... les critiquer
Ils savent ce qu'ils ont à faire
Le soleil et la terre
Alors il faut les laisser faire
Ou bien ils sont capables de se fâcher
Et puis après
On est changé
En courge
En melon d'eau
Ou en pierre à briquet
Et on est bien avancé...
Le soleil est amoureux de la terre
La terre est amoureuse du soleil
Ça les regarde
C'est leur affaire
Et quand il y a des éclipses

Il n'est pas prudent ni discret de les regarder
Au travers de sales petits morceaux de verre fumé
Ils se disputent
C'est des histoires personnelles
Mieux vaut ne pas s'en mêler
Parce que
Si on s'en mêle on risque d'être changé
En pomme de terre gelée
Ou en fer à friser
Le soleil aime la terre
La terre aime le soleil
C'est comme ça
Le reste ne nous regarde pas
La terre aime le soleil
Et elle tourne
Pour se faire admirer
Et le soleil la trouve belle
Et il brille sur elle
Et quand il est fatigué
Il va se coucher
Et la lune se lève
La lune c'est l'ancienne amoureuse du soleil
Mais elle a été jalouse
Et elle a été punie
Elle est devenue toute froide
Et elle sort seulement la nuit
Il faut aussi être très poli avec la lune
Ou sans ça elle peut vous rendre un peu fou
Et elle peut aussi
Si elle veut

Vous changer en bonhomme de neige
En réverbère
Ou en bougie
En somme pour résumer
Deux points ouvrez les guillemets :

« Il faut que tout le monde soit poli avec le monde ou
      alors il y a des guerres... des épidémies des
      tremblements de terre des paquets de mer des
      coups de fusil...
Et de grosses méchantes fourmis rouges qui vien-
      nent vous dévorer les pieds pendant qu'on dort
      la nuit. »

LE CHAT ET L'OISEAU

Un village écoute désolé
Le chant d'un oiseau blessé
C'est le seul oiseau du village
Et c'est le seul chat du village
Qui l'a à moitié dévoré
Et l'oiseau cesse de chanter
Le chat cesse de ronronner
Et de se lécher le museau
Et le village fait à l'oiseau
De merveilleuses funérailles
Et le chat qui est invité
Marche derrière le petit cercueil de paille
Où l'oiseau mort est allongé
Porté par une petite fille
Qui n'arrête pas de pleurer
Si j'avais su que cela te fasse tant de peine
Lui dit le chat
Je l'aurais mangé tout entier
Et puis je t'aurais raconté
Que je l'avais vu s'envoler

S'envoler jusqu'au bout du monde
Là-bas où c'est tellement loin
Que jamais on n'en revient
Tu aurais eu moins de chagrin
Simplement de la tristesse et des regrets

Il ne faut jamais faire les choses à moitié.

JOUR DE FÊTE

Où vas-tu mon enfant avec ces fleurs
Sous la pluie

Il pleut il mouille
Aujourd'hui c'est la fête à la grenouille
Et la grenouille
C'est mon amie

Voyons
On ne souhaite pas la fête à une bête
Surtout à un batracien
Décidément si nous n'y mettons bon ordre
Cet enfant deviendra un vaurien
Et il nous en fera voir
De toutes les couleurs
L'arc-en-ciel le fait bien
Et personne ne lui dit rien
Cet enfant n'en fait qu'à sa tête
Nous voulons qu'il en fasse à la nôtre

Oh ! mon père !
Oh ! ma mère !
Oh ! grand oncle Sébastien !

Ce n'est pas avec ma tête
Que j'entends mon cœur qui bat
Aujourd'hui c'est jour de fête
Pourquoi ne comprenez-vous pas
Oh ! ne me touchez pas l'épaule
Ne m'attrapez pas par le bras
Souvent la grenouille m'a fait rire
Et chaque soir elle chante pour moi
Mais voilà qu'ils ferment la porte
Et s'approchent doucement de moi
Je leur crie que c'est jour de fête
Mais leur tête me désigne du doigt.

RIEN A CRAINDRE

Ne craignez rien
Gens honnêtes et exemplaires
Il n'y a pas de danger
Vos morts sont bien morts
Vos morts sont bien gardés
Il n'y a rien à craindre
On ne peut vous les prendre
Ils ne peuvent se sauver
Il y a des gardiens dans les cimetières
Et puis
Tout autour des tombes
Il y a un entourage de fer
Comme autour des lits-cages
Où dorment les enfants en bas âge
Et c'est une précaution sage
Dans son dernier sommeil
Sait-on jamais
Le mort pourrait rêver encore
Rêver qu'il est vivant
Rêver qu'il n'est plus mort

Et secouant ses draps de pierre
Se dégager
Et se pencher
Et tomber de la tombe
Comme un enfant du lit
Horreur et catacombes
Retomber dans la vie
Vous voyez cela d'ici
Tout serait remis en question
L'affection et la désolation
Et la succession
Rassurez-vous braves gens
Honnêtes et exemplaires
Vos morts ne reviendront pas
S'amuser sur la terre
Les larmes ont été versées une fois pour toutes
Et il n'y aura pas
Il n'y aura jamais plus à revenir là-dessus
Et rien dans le cimetière
Ne sera saccagé
Les pots de chrysanthèmes resteront à leur place
Et vous pourrez vaquer en toute tranquillité
L'arrosoir à la main devant le mausolée
Aux doux labeurs champêtres des éternels regrets.

L'ADDITION

LE CLIENT

Garçon, l'addition !

LE GARÇON

Voilà. (Il sort son crayon et note.) Vous avez... deux œufs durs, un veau, un petit pois, une asperge, un fromage avec beurre, une amande verte, un café filtre, un téléphone.

LE CLIENT

Et puis des cigarettes !

LE GARÇON
(Il commence à compter)

C'est ça même... des cigarettes...
... Alors ça fait...

LE CLIENT

N'insistez pas, mon ami, c'est inutile, vous ne réussirez jamais.

LE GARÇON

!!!

LE CLIENT

On ne vous a donc pas appris à l'école que c'est ma-thé-ma-ti-que-ment impossible d'additionner des choses d'espèce différente !

LE GARÇON

!!!

LE CLIENT
(élevant la voix)

Enfin, tout de même, de qui se moque-t-on ?... Il faut réellement être insensé pour oser essayer de tenter d' « additionner » un veau avec des cigarettes, des cigarettes avec un café filtre, un café filtre avec une amande verte et des œufs durs avec des petits pois, des petits pois avec un téléphone... Pourquoi pas un petit pois avec un grand officier de la Légion d'Honneur, pendant que vous y êtes ! (Il se lève.)

Non, mon ami, croyez-moi, n'insistez pas, ne vous fatiguez pas, ça ne donnerait rien, vous entendez, rien, absolument rien... pas même le pourboire !

(Et il sort en emportant le rond de serviette à titre gracieux.)

LES TEMPS MODERNES

L'exposition est universelle
La galerie des machines infernales et célestes
Est ouverte
Et des sergents de ville d'eau de Vichy
Et de Lourdes
Et de toutes les autres villes
Et de tous les autres pays
Dirigent la circulation du sang
Et tout le monde fait la queue
Pour voir
Au pavillon de la sidérurgie
Une attraction sans précédent
La liberté perdue dans une forêt de bâtons blancs.

CHANSON DES CIREURS
DE SOULIERS

Aujourd'hui l'homme blanc
Ne s'étonne plus de rien
Et quand il jette à l'enfant noir
Au gentil cireur de Broadway
Une misérable pièce de monnaie
Il ne prend pas la peine de voir
Les reflets du soleil miroitant à ses pieds
Et comme il va se perdre
Dans la foule de Broadway
Ses pas indifférents emportent la lumière
Que l'enfant noir a prise au piège
En véritable homme du métier
La fugitive petite lumière
Que l'enfant noir aux dents de neige
A doucement apprivoisée
Avec une vieille brosse
Avec un vieux chiffon
Avec un grand sourire
Avec une petite chanson
La chanson qui raconte l'histoire
L'histoire de Tom le grand homme noir

L'empereur des cireurs de souliers
Dans le ciel tout noir de Harlem
L'échoppe de Tom est dressée
Tout ce qui brille dans le quartier noir
C'est lui qui le fait briller
Avec ses grandes brosses
Avec ses vieux chiffons
Avec son grand sourire
Et avec ses chansons
C'est lui qui passe au blanc d'argent
Les vieilles espadrilles de la lune
C'est lui qui fait reluire
Les souliers vernis de la nuit
Et qui dépose devant chaque porte
Au Grand Hôtel du Petit Jour
Les chaussures neuves du matin
Et c'est lui qui astique les cuivres
De tous les orchestres de Harlem
C'est lui qui chante la joie de vivre
La joie de faire l'amour et la joie de danser
Et puis la joie d'être ivre
Et la joie de chanter
Mais la chanson du Noir
L'homme blanc n'y entend rien
Et tout ce qu'il entend
C'est le bruit dans sa main
Le misérable bruit d'une pièce de monnaie
Qui saute sans rien dire
Qui saute sans briller
Tristement sur un pied.

LE GRAND HOMME
ET L'ANGE GARDIEN

Vous resterez là
Sentinelle
A la porte du bordel
Et vous garderez
Mon Sérieux
Moi je monte avec ces dames
Il faut bien rigoler un peu !

MEA CULPA

C'est ma faute
C'est ma faute
C'est ma très grande faute d'orthographe
Voilà comment j'écris
Giraffe.

ACCALMIE

Le vent
Debout
S'assoit
Sur les tuiles du toit.

LA FÊTE A NEUILLY

Une horloge sonne douze coups
Qui sont ceux de minuit
Adorable soleil des enfants endormis

Dans une ménagerie
A la fête de Neuilly
Un ménage de dompteurs se déchire
Et dans leurs cages
Les lions rugissent allongés et ravis
Et font entre eux un peu de place
Pour que leurs lionceaux aussi
Puissent jouir du spectacle
Et dans les éclairs de l'orage
Des scènes de ménage des maîtres de la ménagerie
Un pélican indifférent
Se promène doucement
En laissant derrière lui dans la sciure mouillée
La trace monotone de ses pattes palmées
Et par la déchirure de la toile de tente déchirée

Un grand singe triste et seul
Aperçoit dans le ciel
La lune seule comme lui
La lune éblouie par la terre
Baignant de ses eaux claires les maisons de Neuilly
Baignant de ses eaux claires
Toutes les pierres de lune des maisons de Paris

Une horloge sonne six coups
Elle ajoute un petit air
Et c'est six heures et demie
Les enfants se réveillent
Et la fête est finie
Les forains sont partis
La lune les a suivis.

DES CHOSES ET DES GENS
QU'ON RENCONTRE
EN SE PROMENANT LOIN

Contre le mur d'un cimetière
Un enfant pisse tellement clair
Qu'on croirait dans la lumière
Qu'une source jaillit de terre
Et lui rentre dans le corps
Un peu plus loin dans une clairière
Entourée d'un grand mur de pierre
Une reine-mère sur une civière
Aperçoit au fond d'une mare
Le cadavre d'un roi-fils mort
Et dont la main se crispe encore
Sur le pied d'un vase de verre rose
Où se mire un ver de vase vert
Plus loin encore sur le jet d'eau
D'un pitoyable tir forain
Un veuf tournoie blême et lunaire
Avec une couronne dans les mains
Plus loin encore beaucoup plus loin
Dans la cave d'un presbytère

Un prélat enfermé dans une lessiveuse
Par sa gouvernante jalouse et très sévère
La menace vainement des peines de l'enfer
Plus loin plus loin encore et même beaucoup plus
    haut
Du haut des tours de Notre-Dame
Un grand chien échappé d'un triste ratodrome
Regarde au loin un vélodrame
Où des héros de mélodrome
Se coupent la gorge derrière moto
Pour les bijoux de Buckingham
Et prennent leur virage sur une échelle de corde
Plus loin encore toujours plus loin
Par une nuit très noire un marchand de vanille
Perdu au beau milieu de la Mer de Glace
Agite en sanglotant une lanterne sourde
Et plein d'un décevant et délirant mirage
Voit soudain sa famille dans les glaces de la mer
Sa femme ses enfants le chien et puis l'armoire
Et la table servie pour le repas du soir
Comme il se précipite pour prendre sa serviette
Il glisse et tout s'éteint la lanterne et le reste
Un gros paquet de mer lui fracasse la tête
Alea alea alea jacta est
Plus loin toujours encore et toujours beaucoup plus
    loin
Dans le déprimant paysage d'un misérable terrain
    vague
Debout dans la pénombre sur un vieil escabeau
Un boiteux chauve et nu tristement fait le beau

Et six petits chats gris au cœur gros
Tournent en rond autour de lui
Miaulant un désolant refrain
Les chats les plus désespérés sont les chats du pied-
    bot.

LE MATIN

Cri du coq
Chant du cygne de la nuit
Monocorde et fastidieux message
Qui me crie
Aujourd'hui ça recommence
Aujourd'hui encore aujourd'hui
Je n'entends pas ta romance
Et je fais la sourde oreille
Et je n'écoute pas ton cri
Pourtant je me lève de bonheur
Presque tous les jours de ma vie
Et j'égorge en plein soleil
Les plus beaux rêves de mes nuits.

LE RÉVEIL EN FANFARE

Les fils de la Vierge Barbelée
Couronnent d'épines de fer
La tête ensanglantée
Des morts écrasés sur la terre
Labourée
Et derrière l'horizon apparaît
Une effroyable omelette manquée
Coiffée d'un képi étoilé
Et tout auréolée de galons mort-dorés
Naphtalinés
Étalant sa lumière abominable et blême
Sa lueur souffreteuse
Exténuée
Sur le charnier
Un coq soudain se réveille en sursaut
Et pousse un cri retentissant
Garde à vous !
Voilà le soleil !
Et il claque ses ergots dans le sang
Et courant autour des morts

Il les picore
Frénétiquement
Garde à vous !
Voilà le soleil !
Et debout tout l' monde là n' dedans !

QUELQU'UN

Un homme sort de chez lui
C'est très tôt le matin
C'est un homme qui est triste
Cela se voit à sa figure
Soudain dans une boîte à ordures
Il voit un vieux Bottin Mondain
Quand on est triste on passe le temps
Et l'homme prend le Bottin
Le secoue un peu et le feuillette machinalement
Les choses sont comme elles sont
Cet homme si triste est triste parce qu'il s'appelle
    Ducon
Et il feuillette
Et continue à feuilleter
Et il s'arrête
A la page des D
Et il regarde à la colonne des D-U du...
Et son regard d'homme triste devient plus gai plus
    clair
Personne

Vraiment personne ne porte le même nom
Je suis le seul Ducon
Dit-il entre ses dents
Et il jette le livre s'époussette les mains
Et poursuit fièrement son petit bonhomme de
    chemin.

LES PRODIGES DE LA LIBERTÉ

Entre les dents d'un piège
La patte d'un renard blanc
Et du sang sur la noige
Le sang du renard blanc
Et des traces sur la neige
Les traces du renard blanc
Qui s'enfuit sur trois pattes
Dans le soleil couchant
Avec entre les dents
Un lièvre encore vivant.

ON FRAPPE

Qui est là
Personne
C'est simplement mon cœur qui bat
Qui bat très fort
A cause de toi
Mais dehors
La petite main de bronze sur la porte de bois
Ne bouge pas
Ne remue pas
Ne remue pas seulement le petit bout du doigt.

LE LÉZARD

Le lézard de l'amour
S'est enfui encore une fois
Et m'a laissé sa queue entre les doigts
C'est bien fait
J'avais voulu le garder pour moi.

LES CHANSONS
LES PLUS COURTES...

L'oiseau qui chante dans ma tête
Et me répète que je t'aime
Et me répète que tu m'aimes
L'oiseau au fastidieux refrain
Je le tuerai demain matin.

LA PLAGE DES SABLES BLANCS

Oubliettes des châteaux de sable
Meurtrières fenêtres de l'oubli
Tout est toujours pareil
Et cependant tout a changé
Tu étais nue dans le soleil
Tu étais nue tu te baignais
Les galets roulent avec la mer
Et toujours toujours j'entendrai
Leur doux refrain de pierres heureuses
Leur gai refrain de pierres mouillées
Déchirant refrain des vacances
Perdu dans les vagues du souvenir
Déchirants souvenirs de l'enfance
Brûlée vive par le désir
Merveilleux souvenir de l'enfance
Éblouie par le plaisir.

LES DERNIERS SACREMENTS

Noyé dans les grandes eaux de la misère
Qui suintent horriblement
Le long des murs de sa chambre sordide
Un mourant
Livide abandonné et condamné
Aperçoit
Dans l'ombre de la veilleuse
Promenée et bercée par le vent
Contre le mur suintant
Une lueur vivante et merveilleuse
La flamme heureuse des yeux aimés
Et il entend
Distinctement
En mourant
Dans l'éclatant silence de la chambre mortuaire
Les plus douces paroles de l'amour retrouvé
Dites par la voix même de la femme tant aimée
Et la chambre un instant s'éclaire
Comme jamais palais ne fut éclairé
Il y a le feu

Disent les voisins
Ils se précipitent
Et ne voient rien
Rien d'autre qu'un homme seul
Couché dans des draps sales
Et souriant
Malgré le vent d'hiver
Qui entre dans la chambre
Par les carreaux cassés
Cassés par la misère
Et par le temps.

LES NOCES

Une femme se jette dans une rivière
Cette rivière se jette dans un fleuve
Un homme se jette dans ce fleuve
Et ce fleuve se jette dans la mer
Et la mer rejette sur la terre
Une pipe d'écume
Et la dentelle blanche de ses vagues étalées
Qui brille sous la lune
C'est la robe de la mariée
Simples cadeaux de noces de la grande marée.

TOILE DE FOND

Assis
Près du lit défait
L'enfant du défunt
Près de feu son père
Feint de faire du feu
Et debout
Près de l'enfant fou
Sous-alimenté et décalcifié
Près de l'enfant fou et du père glacé
Un prêtre parle de l'enfer
Et l'oiseau de la maison
L'oiseau de la masure
L'oiseau de la misère
L'oiseau qui meurt de faim
Dans sa cage de fer
Siffle qu'il s'en fout
Que c'est rien la faim
Que c'est rien le feu
Que c'est rien le fer
Et que cela ne vaut pas la peine de s'en faire

De s'en faire une miette
Une miette de pain
Une miette de faim
Une miette de fer
Et puis crève à son tour
Et sifflotant et sanglotant
Éclatant de rire hurlant aboyant
L'enfant fou tourne en rond
Autour de la cage
En jouant du tambour
Et puis tourne aussi tout autour du lit
Autour du lit-cage rouillé et pourri
Où le peu qui reste du père
Mort de fatigue de faim et de misère
Se corrompt
Misérablement
Le prêtre alors ouvre la fenêtre
Miserere miserere
Et l'aurore aux doigts de fée apparaît
Et de ses doigts de fée
Délicatement
Se bouche le nez.

LES PETITS PLATS
DANS LES GRANDS

C'était un grand dîner de Première Communion
Il y avait le cousin Ponce Pilate
La cousine Bette les quatre fils Edmond
Les frères Lumière les sœurs Tourière
L'oncle Sam les enfants d'Édouard Drumont
Les filles de Loth les filles de Camaret
Et celle de Minos et de Pasiphaé
Et le gendre de Monsieur Poirier
La mère Michel Strogoff et le père Lustucru
On n'attendait plus que le père Ubu
Soudain la porte s'ouvre
Et c'est le père Éternel qui entre
C'était le même
Vous parlez d'une histoire de famille
Vous parlez d'un secret d'État
On n'aurait jamais cru chose pareille
C'est vraiment vrai qu'il est capable de tout
Cet Être-là
Mais le plus marrant de l'histoire

C'est qu'il avait le Fils de l'homme-sandwich sous le
        bras
Il l'a jeté sur la sainte table
Ah les joyeux anthropophages
Comme ils connaissent bien les usages
Avec un très touchant ensemble
Ils se sont tous précipités
Et ils n'en ont fait qu'une bouchée

Le service a été impeccable
Et le dessous de plat à musique
N'a pas cessé de jouer le cantique des cantiques.

COMME PAR MIRACLE

Comme par miracle
Des oranges aux branches d'un oranger
Comme par miracle
Un homme s'avance
Mettant comme par miracle
Un pied devant l'autre pour marcher
Comme par miracle
Une maison de pierre blanche
Derrière lui sur la terre est posée
Comme par miracle
L'homme s'arrête au pied de l'oranger
Cueille une orange l'épluche et la mange
Jette la peau au loin et crache les pépins
Apaisant comme par miracle
Sa grande soif du matin
Comme par miracle
L'homme sourit
Regardant le soleil qui se lève
Et qui luit
Comme par miracle

Et l'homme ébloui rentre chez lui
Et retrouve comme par miracle
Sa femme endormie
Émerveillé
De la voir si jeune si belle
Et comme par miracle
Nue dans le soleil
Il la regarde
Et comme par miracle elle se réveille
Et lui sourit
Comme par miracle il la caresse
Et comme par miracle elle se laisse caresser
Alors comme par miracle
Des oiseaux de passage passent
Qui passent comme cela
Comme par miracle
Des oiseaux de passage qui s'en vont vers la mer
Volant très haut
Au-dessus de la maison de pierre
Où l'homme et la femme
Comme par miracle
Font l'amour
Des oiseaux de passage au-dessus du jardin
Où comme par miracle l'oranger berce ses oranges
Dans le vent du matin
Jetant comme par miracle son ombre sur la route
Sur la route où un prêtre s'avance
Le nez dans son bréviaire le bréviaire dans les mains
Et le prêtre marchant sur la pelure d'orange jetée par
    l'homme au loin

Glisse et tombe
Comme un prêtre qui glisse sur une pelure d'orange
    et qui tombe sur une route
Un beau matin.

LE FUSILLÉ

Les fleurs les jardins les jets d'eau les sourires
Et la douceur de vivre
Un homme est là par terre et baigne dans son sang
Les souvenirs les fleurs les jets d'eau les jardins
Les rêves enfantins
Un homme est là par terre comme un paquet
    sanglant
Les fleurs les jets d'eau les jardins les souvenirs
Et la douceur de vivre
Un homme est là par terre comme un enfant
    dormant.

LE GARDIEN DU PHARE
AIME TROP LES OISEAUX

Des oiseaux par milliers volent vers les feux
par milliers ils tombent par milliers ils se cognent
par milliers aveuglés par milliers assommés
par milliers ils meurent

Le gardien ne peut supporter des choses pareilles
les oiseaux il les aime trop
alors il dit Tant pis je m'en fous !

Et il éteint tout

Au loin un cargo fait naufrage
un cargo venant des îles
un cargo chargé d'oiseaux
des milliers d'oiseaux des îles
des milliers d'oiseaux noyés.

CŒUR DE DOCKER

Cœur de docker
C'est le titre de ma chanson

Ça se passe à Anvers ou à Hambourg ou à Dunkerque

Le docker est debout sur le quai
sur sa poitrine à la place du cœur
un autre cœur est tatoué
C'est le cœur de la fille sans cœur
et dessous son histoire est marquée

Son père était cardiaque
sa mère était patraque

Un beau jour c'est le jour de la Saint-Cric-Crac
la fille sans cœur est à l'hôpital
et le docker arrêté devant la porte
a des oranges dans les mains

Mais voilà la fille qui devient morte
et le docker ouvre les mains

Roulez oranges roulez dans le ruisseau
dans le port vous pourrirez avec les vieux morceaux
     de liège

Portrait de la fille sans cœur
dans un médaillon en forme de cœur
au fond d'un tiroir vous traînez
et le docker a mal à son cœur
dans un couloir il est tombé
et toutes les filles autour de lui se mettent à pleurer

Dehors
c'est la fête foraine
le nougat la musique
et les balançoires à vapeur
Et tout s'est mis à balancer
des souvenirs sont revenus

Souvenirs
vous grattez le cœur du pauvre docker
et vous le prenez par la main
et vous l'emmenez là où travaillait sa belle

Et devant le lit l'homme est tombé

Dehors
arrive la plainte du manège

Chevaux aux yeux bleus et mal peints
chevaux à la crinière de crin
vous tournez sans jamais être ivres
et jamais vous ne dites rien
Mais déchirante et déchirée
la musique tourne sans arrêt

Chansons de bois pour les chevaux de bois
chansons de fer pour les chemins de fer
la musique c'est toujours la musique
tantôt bonne tantôt mauvaise

Le cœur fait le joli cœur
à la recherche d'un autre cœur
comme il est sentimental au printemps
comme il bat en écoutant la romance

Cœur de docker
C'est le titre de ma chanson.

QUAND TU DORS

Toi tu dors la nuit
moi j'ai de l'insomnie
je te vois dormir
ça me fait souffrir

Tes yeux fermés ton grand corps allongé
c'est drôle mais ça me fait pleurer
et soudain voilà que tu ris
tu ris aux éclats en dormant
où donc es-tu en ce moment
où donc es-tu parti vraiment
peut-être avec une autre femme
très loin dans un autre pays
et qu'avec elle c'est de moi que tu ris

Toi tu dors la nuit
moi j'ai de l'insomnie
je te vois dormir
ça me fait souffrir

Lorsque tu dors je ne sais pas si tu m'aimes
t'es tout près mais si loin quand même
je suis toute nue serrée contre toi
mais c'est comme si j'étais pas là
j'entends pourtant ton cœur qui bat
je ne sais pas s'il bat pour moi
je ne sais rien je ne sais plus
je voudrais qu'il ne batte plus ton cœur
si jamais un jour tu ne m'aimais plus

Toi tu rêves la nuit
moi j'ai de l'insomnie
je te vois rêver
ça me fait pleurer

Toutes les nuits je pleure toute la nuit
et toi tu rêves et tu souris
mais cela ne peut plus durer
une nuit sûrement je te tuerai
tes rêves alors seront finis
et comme je me tuerai aussi
finie aussi mon insomnie
nos deux cadavres réunis
dormiront ensemble dans notre grand lit

Toi tu rêves la nuit
moi j'ai de l'insomnie
je te vois rêver
ça me fait pleurer

Voilà le jour et soudain tu t'éveilles
et c'est à moi que tu souris
tu souris avec le soleil
et je ne pense plus à la nuit
tu dis les mots toujours pareils
« As-tu passé une bonne nuit »
et je réponds comme la veille
« Oui mon chéri j'ai bien dormi
et j'ai rêvé de toi comme chaque nuit ».

ADRIEN

Adrien ne fais pas la mauvaise tête !
Reviens !
Adrien ne fais pas la mauvaise tête !
Reviens !
La boule de neige
que tu m'avais jetée
à Chamonix
l'hiver dernier
je l'ai gardée
Elle est sur la cheminée
près de la couronne de mariée
de feu ma pauvre mère
qui mourut assassinée
par défunt mon père
qui mourut guillotiné
un triste matin d'hiver
ou de printemps...
J'ai eu des torts j'en conviens
je suis restée
de longues années

sans rentrer
à la maison
Mais je te l'ai toujours caché
c'est que j'étais en prison !
J'ai eu des torts j'en conviens
souvent je battais le chien
mais je t'aimais bien !...

Adrien ne fais pas la mauvaise tête !
Reviens !
Et Brin d'osier
ton petit fox-terrier
qui est crevé
la semaine dernière
je l'ai gardé !
Il est dans le frigidaire
et quand parfois j'ouvre la porte
pour prendre de la bière
je vois la pauvre bête morte
Ça me désespère !
Pourtant c'est moi qui l'ai fait
un soir pour passer le temps
en t'attendant...
Adrien ne fais pas la mauvaise tête !
Reviens !
De la tour Saint-Jacques
je me suis jetée
avant-hier
je me suis tuée

à cause de toi
Hier on m'a enterrée
dans un très joli cimetière
et je pensais à toi
Et ce soir je suis revenue
dans l'appartement
où tu te promenais nu
du temps que j'étais vivante
et je t'attends...

Adrien ne fais pas la mauvaise tête !
Reviens !
J'ai eu des torts j'en conviens
je suis restée de longues années
sans rentrer à la maison
Mais je te l'ai toujours caché
c'est que j'étais en prison !
J'ai eu des torts j'en conviens
souvent je battais le chien
mais je t'aimais bien !...

Adrien ne fais pas la mauvaise tête !
Reviens !

IL FAUT PASSER LE TEMPS

A Agnès Capri

On croit que c'est facile
de ne rien faire du tout
au fond c'est difficile
c'est difficile comme tout
il faut passer le temps
c'est tout un travail
il faut passer le temps
c'est un travail de titan

Ah !
du matin au soir
je ne faisais rien
rien
ah ! quelle drôle de chose
du matin au soir
du soir au matin
je faisais la même chose
rien !
je ne faisais rien

j'avais les moyens
ah ! quelle triste histoire
j'aurais pu tout avoir
oui
ce que j'aurais voulu
si je l'avais voulu
je l'aurais eu
mais je n'avais envie de rien
rien

Un jour pourtant je vis un chien
ce chien qui me plut je l'eus
c'était un grand chien
un chien de berger
mais la pauvre bête
comme elle s'ennuyait
s'ennuyait d' son maître
un vieil Écossais
j'ai acheté son maître
j'avais les moyens
ah !
quel drôle d'écho
oh !
quel drôle d'Écossais c'était
que le berger de mon chien
toute la journée il pleurait
toute la nuit il sanglotait
ah !
c'était tout à fait insensé

l'Écossais dépérissait
il ne voulait rien entendre
il parlait même de se pendre
J'aime mieux mes moutons
chantait-il en écossais
et le chien aboyait
en l'entendant chanter
j'avais les moyens
j'achetai les moutons
je les mis dans mon salon
alors ils broutèrent mes tapis
et puis ils crevèrent d'ennui
et dans la tombe
l'Écossais les suivit
ah !
et le chien aussi

C'est alors que je partis en croisière

Pour-me-calmer-mes-petits-nerfs.

EMBRASSE-MOI

C'était dans un quartier de la ville Lumière
Où il fait toujours noir où il n'y a jamais d'air
Et l'hiver comme l'été là c'est toujours l'hiver
Elle était dans l'escalier
Lui à côté d'elle elle à côté de lui
C'était la nuit
Ça sentait le soufre
Car on avait tué des punaises dans l'après-midi
Et elle lui disait
Ici il fait noir
Il n'y a pas d'air
L'hiver comme l'été c'est toujours l'hiver
Le soleil du bon Dieu ne brill' pas de notr' côté
Il a bien trop à faire dans les riches quartiers
Serre-moi dans tes bras
Embrasse-moi
Embrasse-moi longtemps
Embrasse-moi
Plus tard il sera trop tard
Notre vie c'est maintenant

Ici on crèv' de tout
De chaud de froid
On gèle on étouffe
On n'a pas d'air
Si tu cessais de m'embrasser
Il me semble que j' mourrais étouffée
T'as quinze ans j'ai quinze ans
A nous deux on a trente
A trente ans on n'est plus des enfants
On a bien l'âge de travailler
On a bien celui de s'embrasser
Plus tard il sera trop tard
Notre vie c'est maintenant
Embrasse-moi !

LES BRUITS DE LA NUIT

Vous dormez sur vos deux oreilles
Comme on dit
Moi je me promène et je veille dans la nuit
Je vois des ombres j'entends des cris
Drôles de cris
Vous dormez sur vos deux oreilles
Comme on dit
C'est un chien qui hurle à la mort
C'est un chat qui miaule à l'amour
Un ivrogne perdu dans un corridor
Un fou sur son toit qui joue du tambour
J'entends aussi le rire d'une fille
Qui pour satisfaire le client
Simule la joie simule le plaisir
Et sur le lit se renverse en hurlant
Vous dormez sur vos deux oreilles
Comme on dit
Mais soudain le client prend peur
Dans la nuit il crie comme chez le dentiste
Mais c'est beaucoup plus sinistre

De dessous le lit un homme est sorti
Et tout doucement s'approche de lui
Vous dormez sur vos deux oreilles
Comme on dit
Et le client tourne de l'œil dans la nuit
Pauvre homme qu'un autre homme assomme
Pour une petite question d'argent
Pour une malheureuse petite somme
Peut-être quatre cinq ou six cents francs
Vous dormez sur vos deux oreilles
Comme on dit
Et le client tourne de l'œil dans la nuit
Demain sa famille prendra le deuil
C'est tout cuit
Vous dormez sur vos deux oreilles
Bonne nuit.

UN BEAU MATIN

Il n'avait peur de personne
Il n'avait peur de rien
Mais un matin un beau matin
Il croit voir quelque chose
Mais il dit Ce n'est rien
Et il avait raison
Avec sa raison sans nul doute
Ce n'était rien
Mais le matin ce même matin
Il croit entendre quelqu'un
Et il ouvrit la porte
Et il la referma en disant Personne
Et il avait raison
Avec sa raison sans nul doute
Il n'y avait personne
Mais soudain il eut peur
Et il comprit qu'il était seul
Mais qu'il n'était pas tout seul
Et c'est alors qu'il vit
Rien en personne devant lui.

A LA BELLE ÉTOILE

Boulevard de la Chapelle où passe le métro aérien
Il y a des filles très belles et beaucoup de vauriens
Les clochards affamés s'endorment sur les bancs
De vieilles poupées font encore le tapin à soixante-
    cinq ans

Boulevard Richard-Lenoir j'ai rencontré Richard
    Leblanc
Il était pâle comme l'ivoire et perdait tout son sang
Tire-toi d'ici tire-toi d'ici voilà ce qu'il m'a dit
Les flics viennent de passer
Histoire de s' réchauffer ils m'ont assaisonné

Boulevard des Italiens j'ai rencontré un Espagnol
Devant chez Dupont tout est bon après la fermeture
Il fouillait les ordures pour trouver un croûton
Encore un sale youpin qui vient manger notre pain
Dit un monsieur très bien

129

Boulevard de Vaugirard j'ai aperçu un nouveau-né
Au pied d'un réverbère dans une boîte à chaussures
Le nouveau-né dormait dormait ah ! quelle merveille
De son dernier sommeil
Un vrai petit veinard Boulevard de Vaugirard

Au jour le jour à la nuit la nuit
A la belle étoile
C'est comme ça que je vis
Où est-elle l'étoile
Moi je n' l'ai jamais vue
Elle doit être trop belle pour le premier venu
Au jour le jour à la nuit la nuit
A la belle étoile
C'est comme ça que je vis
C'est une drôle d'étoile c'est une triste vie
Une triste vie.

LES ANIMAUX ONT DES ENNUIS

A Christiane Verger

Le pauvre crocodile n'a pas de C cédille
on a mouillé les L de la pauvre grenouille
le poisson scie
a des soucis
le poisson sole
ça le désole

Mais tous les oiseaux ont des ailes
même le vieil oiseau bleu
même la grenouille verte
elle a deux L avant l'E

Laissez les oiseaux à leur mère
laissez les ruisseaux dans leur lit
laissez les étoiles de mer
sortir si ça leur plaît la nuit
laissez les p'tits enfants briser leur tirelire
laissez passer le café si ça lui fait plaisir

La vieille armoire normande
et la vache bretonne
sont parties dans la lande en riant comme deux folles
les petits veaux abandonnés
pleurent comme des veaux abandonnés

Car les petits veaux n'ont pas d'ailes
comme le vieil oiseau bleu
ils ne possèdent à eux deux
que quelques pattes et deux queues

Laissez les oiseaux à leur mère
laissez les ruisseaux dans leur lit
laissez les étoiles de mer
sortir si ça leur plaît la nuit
laissez les éléphants ne pas apprendre à lire
laissez les hirondelles aller et revenir.

CHANSON DU VITRIER

Comme c'est beau
ce qu'on peut voir comme ça
à travers le sable à travers le verre
à travers les carreaux
tenez regardez par exemple
comme c'est beau
ce bûcheron
là-bas au loin
qui abat un arbre
pour faire des planches
pour le menuisier
qui doit faire un grand lit
pour la petite marchande de fleurs
qui va se marier
avec l'allumeur de réverbères
qui allume tous les soirs les lumières
pour que le cordonnier puisse voir clair
en réparant les souliers du cireur
qui brosse ceux du rémouleur

qui affûte les ciseaux du coiffeur
qui coupe le ch'veu au marchand d'oiseaux
qui donne ses oiseaux à tout le monde
pour que tout le monde soit de bonne humeur.

CHANSON
POUR LES ENFANTS L'HIVER

Dans la nuit de l'hiver
galope un grand homme blanc
galope un grand homme blanc

C'est un bonhomme de neige
avec une pipe en bois
un grand bonhomme de neige
poursuivi par le froid

Il arrive au village
il arrive au village
voyant de la lumière
le voilà rassuré

Dans une petite maison
il entre sans frapper
Dans une petite maison
il entre sans frapper

et pour se réchauffer
et pour se réchauffer
s'assoit sur le poêle rouge
et d'un coup d'œil disparaît
ne laissant que sa pipe
au milieu d'une flaque d'eau
ne laissant que sa pipe
et puis son vieux chapeau...

EN SORTANT DE L'ÉCOLE

En sortant de l'école
nous avons rencontré
un grand chemin de fer
qui nous a emmenés
tout autour de la terre
dans un wagon doré
Tout autour de la terre
nous avons rencontré
la mer qui se promenait
avec tous ses coquillages
ses îles parfumées
et puis ses beaux naufrages
et ses saumons fumés
Au-dessus de la mer
nous avons rencontré
la lune et les étoiles
sur un bateau à voiles
partant pour le Japon
et les trois mousquetaires des cinq doigts de la main
tournant la manivelle d'un petit sous-marin

plongeant au fond des mers
pour chercher des oursins
Revenant sur la terre
nous avons rencontré
sur la voie de chemin de fer
une maison qui fuyait
fuyait tout autour de la terre
fuyait tout autour de la mer
fuyait devant l'hiver
qui voulait l'attraper
Mais nous sur notre chemin de fer
on s'est mis à rouler
rouler derrière l'hiver
et on l'a écrasé
et la maison s'est arrêtée
et le printemps nous a salués
C'était lui le garde-barrière
et il nous a bien remerciés
et toutes les fleurs de toute la terre
soudain se sont mises à pousser
pousser à tort et à travers
sur la voie du chemin de fer
qui ne voulait plus avancer
de peur de les abîmer
Alors on est revenu à pied
à pied tout autour de la terre
à pied tout autour de la mer
tout autour du soleil
de la lune et des étoiles
A pied à cheval en voiture et en bateau à voiles.

D'AUTRES HISTOIRES

CONTES POUR ENFANTS
PAS SAGES

A Elsa Henriquez

I

L'AUTRUCHE

Lorsque le petit Poucet abandonné dans la forêt sema des cailloux pour retrouver son chemin, il ne se doutait pas qu'une autruche le suivait et dévorait les cailloux un à un.

C'est la vraie histoire, celle-là, c'est comme ça que c'est arrivé...

Le fils Poucet se retourne : plus de cailloux !

Il est définitivement perdu, plus de cailloux, plus de retour ; plus de retour, plus de maison ; plus de maison, plus de papa-maman.

— C'est désolant, se dit-il entre ses dents.

Soudain il entend rire et puis le bruit des cloches et le bruit d'un torrent, des trompettes, un véritable orchestre, un orage de bruits, une musique brutale, étrange mais pas du tout désagréable et tout à fait nouvelle pour lui. Il passe alors la tête à travers le feuillage et voit l'autruche qui danse, qui le regarde, s'arrête de danser et lui dit :

C'est moi qui fais ce bruit, je suis heureuse, j'ai un estomac magnifique, je peux manger n'importe quoi.

Ce matin, j'ai mangé deux cloches avec leur battant, j'ai mangé deux trompettes, trois douzaines de coquetiers, j'ai mangé une salade avec son saladier, et les cailloux blancs que tu semais, eux aussi, je les ai mangés. Monte sur mon dos, je vais très vite, nous allons voyager ensemble.

— Mais, dit le fils Poucet, mon père et ma mère je ne les verrai plus ?

L'AUTRUCHE

S'ils t'ont abandonné, c'est qu'ils n'ont pas envie de te revoir de sitôt.

LE FILS POUCET

Il y a sûrement du vrai dans ce que vous dites, Madame l'Autruche.

L'AUTRUCHE

Ne m'appelle pas Madame, ça me fait mal aux ailes, appelle-moi Autruche tout court.

LE FILS POUCET

Oui, Autruche, mais tout de même, ma mère, n'est-ce pas?

L'AUTRUCHE
(en colère)

N'est-ce pas quoi? Tu m'agaces à la fin et puis, veux-tu que je te dise, je n'aime pas beaucoup ta mère, à cause de cette manie qu'elle a de mettre toujours des plumes d'autruche sur son chapeau...

LE FILS POUCET

Le fait est que ça coûte cher... mais elle fait toujours des dépenses pour éblouir les voisins.

L'AUTRUCHE

Au lieu d'éblouir les voisins, elle aurait mieux fait de s'occuper de toi; elle te giflait quelquefois.

LE FILS POUCET

Mon père aussi me battait.

L'AUTRUCHE

Ah ! Monsieur Poucet te battait. C'est inadmissible. Les enfants ne battent pas leurs parents, pourquoi les parents battraient-ils leurs enfants ? D'ailleurs, Monsieur Poucet n'est pas très malin non plus. La première fois qu'il a vu un œuf d'autruche, sais-tu ce qu'il a dit ?

LE FILS POUCET

Non.

L'AUTRUCHE

Eh bien, il a dit : « Ça ferait une belle omelette ! »

LE FILS POUCET
(rêveur)

Je me souviens, la première fois qu'il a vu la mer, il a réfléchi quelques secondes et puis il a dit :

« Quelle grande cuvette, dommage qu'il n'y ait pas de ponts. »

Tout le monde a ri, mais moi j'avais envie de pleurer, alors ma mère m'a tiré les oreilles et m'a dit : « Tu ne peux pas rire comme les autres quand ton père plaisante ! » Ce n'est pas ma faute, mais je n'aime pas les plaisanteries des grandes personnes...

L'AUTRUCHE

... Moi non plus, grimpe sur mon dos, tu ne reverras plus tes parents, mais tu verras du pays.

— Ça va, dit le petit Poucet, et il grimpe.

Au grand triple galop l'oiseau et l'enfant démarrent et c'est un très gros nuage de poussière.

Sur le pas de leur porte, les paysans hochent la tête et disent : « Encore une de ces sales automobiles ! »

Mais les paysannes entendent l'autruche qui carillonne en galopant : « Vous entendez les cloches, disent-elles en se signant, c'est une église qui se sauve, le diable sûrement court après. »

Et tous de se barricader jusqu'au lendemain matin, mais le lendemain l'autruche et l'enfant sont loin.

II

SCÈNE DE LA VIE
DES ANTILOPES

En Afrique, il existe beaucoup d'antilopes; ce sont des animaux charmants et très rapides à la course.

Les habitants de l'Afrique sont les hommes noirs, mais il y a aussi des hommes blancs; ceux-là sont de passage, ils viennent pour faire des affaires, et ils ont besoin que les Noirs les aident; mais les Noirs aiment mieux danser que construire des routes ou des chemins de fer; c'est un travail très dur pour eux et qui souvent les fait mourir.

Quand les Blancs arrivent, souvent les Noirs se sauvent, les Blancs les attrapent au lasso, et les Noirs sont obligés de faire le chemin de fer ou la route, et les Blancs les appellent des « travailleurs volontaires ».

Et ceux qu'on ne peut pas attraper parce qu'ils sont trop loin et que le lasso est trop court, ou parce qu'ils courent trop vite, on les attaque avec le fusil, et c'est pour ça que quelquefois une balle perdue dans la montagne tue une pauvre antilope endormie.

Alors, c'est la joie chez les Blancs et chez les Noirs aussi, parce que d'habitude les Noirs sont très mal nourris. Tout le monde redescend vers le village en criant :

— Nous avons tué une antilope.

Et ils en font beaucoup de musique.

Les hommes noirs tapent sur des tambours et allument de grands feux, les hommes blancs les regardent danser, le lendemain ils écrivent à leurs amis : « Il y a eu un grand tam-tam, c'était tout à fait réussi ! »

En haut, dans la montagne, les parents et les camarades de l'antilope se regardent sans rien dire... Ils sentent qu'il est arrivé quelque chose...

... Le soleil se couche et chacun des animaux se demande, sans oser élever la voix pour ne pas inquiéter les autres : « Où a-t-elle pu aller, elle avait dit qu'elle serait rentrée à neuf heures... pour le dîner ! »

Une des antilopes, immobile sur un rocher, regarde le village, très loin tout en bas, dans la vallée ; c'est un tout petit village, mais il y a beaucoup de lumière et des chants et des cris... un feu de joie.

Un feu de joie chez les hommes, l'antilope a compris, elle quitte son rocher et va retrouver les autres et dit :

— Ce n'est plus la peine de l'attendre, nous pouvons dîner sans elle...

Alors toutes les autres antilopes se mettent à table, mais personne n'a faim, c'est un très triste repas.

III

LE DROMADAIRE MÉCONTENT

Un jour, il y avait un jeune dromadaire qui n'était pas content du tout.

La veille, il avait dit à ses amis : « Demain, je sors avec mon père et ma mère, nous allons entendre une conférence, voilà comme je suis, moi ! »

Et les autres avaient dit : « Oh, oh, il va entendre une conférence, c'est merveilleux », et lui n'avait pas dormi de la nuit tellement il était impatient et voilà qu'il n'était pas content parce que la conférence n'était pas du tout ce qu'il avait imaginé : il n'y avait pas de musique et il était déçu, il s'ennuyait beaucoup, il avait envie de pleurer.

Depuis une heure trois quarts un gros monsieur parlait. Devant le gros monsieur, il y avait un pot à eau et un verre à dents sans la brosse et de temps en temps, le monsieur versait de l'eau dans le verre, mais il ne se lavait jamais les dents et, visiblement irrité, il parlait d'autre chose, c'est-à-dire des dromadaires et des chameaux.

Le jeune dromadaire souffrait de la chaleur, et

puis sa bosse le gênait beaucoup ; elle frottait contre le dossier du fauteuil ; il était très mal assis, il remuait.

Alors sa mère lui disait : « Tiens-toi tranquille, laisse parler le monsieur », et elle lui pinçait la bosse. Le jeune dromadaire avait de plus en plus envie de pleurer, de s'en aller...

Toutes les cinq minutes, le conférencier répétait : « Il ne faut surtout pas confondre les dromadaires avec les chameaux, j'attire, mesdames, messieurs et chers dromadaires, votre attention sur ce fait : le chameau a deux bosses, mais le dromadaire n'en a qu'une ! »

Tous les gens de la salle disaient : « Oh, oh, très intéressant », et les chameaux, les dromadaires, les hommes, les femmes et les enfants prenaient des notes sur leur petit calepin.

Et puis le conférencier recommençait : « Ce qui différencie les deux animaux, c'est que le dromadaire n'a qu'une bosse, tandis que, chose étrange et utile à savoir, le chameau en a deux... »

A la fin, le jeune dromadaire en eut assez et se précipitant sur l'estrade, il mordit le conférencier :

« Chameau ! » dit le conférencier furieux.

Et tout le monde dans la salle criait : « Chameau, sale chameau, sale chameau ! »

Pourtant c'était un dromadaire, et il était très propre.

IV

L'ÉLÉPHANT DE MER

Celui-là, c'est l'éléphant de mer, mais il n'en sait rien. L'éléphant de mer ou l'escargot de Bourgogne, ça n'a pas de sens pour lui, il se moque de ces choses-là, il ne tient pas à être quelqu'un.

Il est assis sur le ventre parce qu'il se trouve bien assis comme ça : chacun a le droit de s'asseoir à sa guise.

Il est très content parce que le gardien lui donne des poissons, des poissons vivants.

Chaque jour, il mange des kilos et des kilos de poissons vivants. C'est embêtant pour les poissons vivants parce qu'après ça ils sont morts, mais chacun a le droit de manger à sa guise.

Il les mange sans faire de manières, très vite, tandis que l'homme quand il mange une truite, il la jette d'abord dans l'eau bouillante et, après l'avoir mangée, il en parle encore pendant des jours, des jours et des années :

« Ah ! Quelle truite, mon cher, vous vous souvenez ! » etc.

Lui, l'éléphant de mer, mange simplement. Il a un très bon petit œil, mais quand il est en colère, son nez en forme de trompe se dilate et ça fait peur à tout le monde.

Son gardien ne lui fait pas de mal... On ne sait jamais ce qui peut arriver... Si tous les animaux se fâchaient, ce serait une drôle d'histoire. Vous voyez ça d'ici, mes petits amis, l'armée des éléphants de terre et de mer arrivant à Paris. Quel gâchis...

L'éléphant de mer ne sait rien faire d'autre que de manger du poisson, mais c'est une chose qu'il fait très bien. Autrefois, il y avait, paraît-il, des éléphants de mer qui jonglaient avec des armoires à glace, mais on ne peut pas savoir si c'est vrai... Personne ne veut plus prêter son armoire !

L'armoire pourrait tomber, la glace pourrait se casser, ça ferait des frais ; l'homme aime bien les animaux, mais il tient davantage à ses meubles...

L'éléphant de mer, quand on ne l'ennuie pas, est heureux comme un roi, beaucoup plus heureux qu'un roi, parce qu'il peut s'asseoir sur le ventre quand ça lui fait plaisir alors que le roi, même sur le trône, est toujours assis sur son derrière.

V

L'OPÉRA DES GIRAFES

(Opéra triste en plusieurs tableaux)

Comme les girafes sont muettes, la chanson reste enfermée dans leur tête.

C'est en regardant très attentivement les girafes dans les yeux qu'on peut voir si elles chantent faux ou si elles chantent vrai.

PREMIER TABLEAU

CHŒUR DES GIRAFES
(Refrain)

Il y avait une fois des girafes
Il y avait beaucoup de girafes.
Bientôt il n'y en aura plus
C'est monsieur l'homme qui les tue.

(Couplet)

Les grandes girafes sont muettes
Les petites girafes sont rares.

153

Sur la place de la Muette
J'ai vu un vieux vieillard
Avec beaucoup de poil dessus.
Le poil c'était son pardessus
Mais par-dessus son pardessus
Il était tout à fait barbu.
Par-dessus le poil de girafe
Barbe dessus en poil de vieillard.
Elles sont muettes les grandes girafes
Mais les petites girafes sont rares.

DEUXIÈME TABLEAU

(Place de la Muette, à Paris)

Le vieux vieillard de la chanson traverse la place
en faisant des moulinets avec sa canne.

LE VIEUX VIEILLARD
(Il chante)

Une hirondelle ne fait pas le printemps. Mais
mon pardessus fera bien cet hiver. Une hirondelle...

Soudain un autre vieillard vient à sa rencontre
et, comme il connaît le premier et que le premier le
connaît également, ils s'arrêtent en face l'un de
l'autre, enlèvent leur chapeau de dessus leur tête, le

remettent, toussent un peu et se demandent comment ça va, répondent que ça va bien, comme ci, comme ça, pas mal et vous-même, la petite famille très bien, merci beaucoup, et puis ils en arrivent à la conversation proprement dite :

PREMIER VIEUX VIEILLARD

Très, très content de vous voir...

SECOND VIEUX VIEILLARD

Moi de même, et votre fils toujours aux colonies, comment va-t-il et que fait-il, combien gagne-t-il, de quoi trafique-t-il, bois précieux, noix de coco, bois des îles ?

PREMIER VIEUX VIEILLARD
(très fier)

Non, les girafes !

SECOND VIEUX VIEILLARD

Ah ! parfait, très bien, très bien, les girafes (il tâte l'étoffe du pardessus). Eh ! Eh ! c'est de la girafe de première qualité, votre fils fait bien les choses...

A cet instant, deux girafes traversent lentement et sans rien dire la place de la Muette et les deux vieillards font semblant de ne pas les reconnaître, surtout le vieillard au pardessus ; il est horriblement gêné et pour se faire bien voir des girafes, il chante leurs louanges, et l'autre vieillard chante avec lui :

CHŒUR DES DEUX VIEILLARDS

Ah ! le temps des girafes
C'était le bon vieux temps !
Dans une petite mansarde
Avec une grande girafe
Qu'on est heureux à vingt ans (bis) !

(Refrain)

Mais il reviendra le temps des girafes...

A l'instant même où les deux vieillards annoncent que le temps des girafes va revenir, les deux girafes s'en vont en haussant les épaules.

TROISIÈME TABLEAU
(Aux colonies)

Le fils du vieux vieillard se promène avec un de ses amis, ils ont chacun un fusil.

Le fils qui regardait en l'air aperçoit la tête d'une girafe, baisse le regard et voyant la girafe tout entière entre dans une grande colère.

LE FILS

Sortez du monde, girafe,
Sortez, je vous chasse !

Il vise, il tire, la girafe tombe, il met le pied dessus, son ami le photographie... Soudain le fils pâlit : « Quelle mouche vous pique ? » lui dit son ami.

LE FILS

Je ne sais pas...

Il lâche son fusil, tombe sur la girafe et s'endort pour un certain nombre d'années ; la mouche qui l'a piqué est une mauvaise mouche, c'est la mouche tsé-tsé...

L'ami le voit, comprend, s'enfuit et la grosse mouche mauvaise le poursuit...

La girafe est tombée, l'homme est tombé aussi, la nuit tombe à son tour et la lune éclaire la nuit...

Le fils est endormi, on dirait qu'il est mort, la girafe est morte, on dirait qu'elle dort.

VI

CHEVAL DANS UNE ILE

Celui-là, c'est le cheval qui vit tout seul quelque part très loin dans une île.

Il mange un peu d'herbe; derrière lui, il y a un bateau; c'est le bateau sur lequel le cheval est venu, c'est le bateau sur lequel il va repartir.

Ce n'est pas un cheval solitaire, il aime beaucoup la compagnie des autres chevaux; tout seul, il s'ennuie, il voudrait faire quelque chose, être utile aux autres. Il continue à manger de l'herbe et pendant qu'il mange, il pense à son grand projet.

Son grand projet, c'est de retourner chez les chevaux pour leur dire :

— Il faut que cela change.

Et les chevaux demanderont :

— Qu'est-ce qui doit changer ?

Et lui, il répondra :

— C'est notre vie qui doit changer, elle est trop misérable, nous sommes trop malheureux, cela ne peut pas durer.

Mais les plus gros chevaux, les mieux nourris, ceux qui traînent les corbillards des grands de ce monde, les carrosses des rois et qui portent sur la tête un grand chapeau de paille de riz, voudront l'empêcher de parler et lui diront :

— De quoi te plains-tu, cheval, n'es-tu pas la plus noble conquête de l'homme ?

Et ils se moqueront de lui.

Alors tous les autres chevaux, les pauvres traîneurs de camion n'oseront pas donner leur avis.

Mais lui, le cheval qui réfléchit dans l'île, il élèvera la voix :

— S'il est vrai que je suis la plus noble conquête de l'homme, je ne veux pas être en reste avec lui.

« L'homme nous a comblés de cadeaux, mais l'homme a été trop généreux avec nous, l'homme nous a donné le fouet, l'homme nous a donné la cravache, les éperons, les œillères, les brancards, il nous a mis du fer dans la bouche et du fer sous les pieds, c'était froid, mais il nous a marqués au fer rouge pour nous réchauffer...

« Pour moi, c'est fini, il peut reprendre ses bijoux, qu'en pensez-vous ? Et pourquoi a-t-il écrit sérieusement et en grosses lettres sur les murs... sur les murs de ses écuries, sur les murs de ses casernes de cavalerie, sur les murs de ses abattoirs, de ses hippodromes et de ses boucheries hippophagiques[1] : « Soyez bons pour les Animaux » ? Avouez tout de même que c'est se moquer du monde des chevaux !

_____

1. Note pour les chevaux pas instruits : Hippophage : celui qui mange le cheval.

« Alors, tous les autres pauvres chevaux commenceront à comprendre et tous ensemble ils s'en iront trouver les hommes et ils leurs parleront très fort. »

LES CHEVAUX

Messieurs, nous voulons bien traîner vos voitures, vos charrues, faire vos courses et tout le travail, mais reconnaissons que c'est un service que nous vous rendons : il faut nous en rendre aussi. Souvent, vous nous mangez quand nous sommes morts, il n'y a rien à dire là-dessus, si vous aimez ça ; c'est comme pour le petit déjeuner du matin, il y en a qui prennent de l'avoine au café au lit, d'autres de l'avoine au chocolat, chacun ses goûts ; mais souvent aussi vous nous frappez : cela, ça ne doit plus se reproduire.

De plus, nous voulons de l'avoine tous les jours ; de l'eau fraîche tous les jours et puis des vacances et qu'on nous respecte, nous sommes des chevaux, on n'est pas des bœufs.

Premier qui nous tape dessus, on le mord.

Deuxième qui nous tape dessus, on le tue. Voilà.

Et les hommes comprendront qu'ils ont été un peu fort, ils deviendront plus raisonnables.

Il rit, le cheval, en pensant à toutes ces choses qui arriveront sûrement un jour.

Il a envie de chanter, mais il est tout seul, et il

n'aime que chanter en chœur; alors il crie tout de même : « Vive la liberté ! »

Dans d'autres îles, d'autres chevaux l'entendent et ils crient à leur tour de toutes leurs forces : « Vive la liberté ! »

Tous les hommes des îles et ceux du continent entendent des cris et se demandent ce que c'est, puis ils se rassurent et disent en haussant les épaules : « Ce n'est rien, c'est des chevaux. »

Mais ils ne se doutent pas de ce que les chevaux leur préparent.

VII

JEUNE LION EN CAGE

Captif, un jeune lion grandissait et plus il grandissait, plus les barreaux de sa cage grossissaient, du moins c'est le jeune lion qui le croyait... En réalité, on le changeait de cage pendant son sommeil.

Quelquefois, des hommes venaient et lui jetaient de la poussière dans les yeux, d'autres lui donnaient des coups de canne sur la tête et il pensait : « Ils sont méchants et bêtes, mais ils pourraient l'être davantage ; ils ont tué mon père, ils ont tué ma mère, ils ont tué mes frères, un jour sûrement ils me tueront, qu'est-ce qu'ils attendent ? »

Et il attendait aussi.

Et il ne se passait rien.

Un beau jour : du nouveau... Les garçons de la ménagerie placent des bancs devant la cage, des visiteurs entrent et s'installent.

Curieux, le lion les regarde.

Les visiteurs sont assis... ils semblent attendre quelque chose... un contrôleur vient voir s'ils ont bien pris leurs tickets... il y a une dispute, un petit monsieur s'est placé au premier rang... il n'a pas de ticket... alors le contrôleur le jette dehors à coups de pied dans le ventre... tous les autres applaudissent.

Le lion trouve que c'est très amusant et croit que les hommes sont devenus plus gentils et qu'ils viennent simplement voir, comme ça, en passant :

« Ça fait bien dix minutes qu'ils sont là, pense-t il, et personne ne m'a fait de mal, c'est exceptionnel, ils me rendent visite en toute simplicité, je voudrais bien faire quelque chose pour eux... »

Mais la porte de la cage s'ouvre brusquement et un homme apparaît en hurlant :

« Allez Sultan, saute Sultan ! »

Et le lion est pris d'une légitime inquiétude, car il n'a encore jamais vu de dompteur.

Le dompteur a une chaise dans la main, il tape avec la chaise contre les barreaux de la cage, sur la tête du lion, un peu partout, un pied de la chaise casse, l'homme jette la chaise et, sortant de sa poche un gros revolver, il se met à tirer en l'air.

« Quoi ? dit le lion, qu'est-ce que c'est que ça, pour une fois que je reçois du monde, voilà un fou, un énergumène qui entre ici sans frapper, qui brise les meubles et qui tire sur mes invités, ce n'est pas comme il faut. » Et sautant sur le dompteur, il entreprend de le dévorer, plutôt par désir de faire un peu d'ordre que par pure gourmandise...

Quelques-uns des spectateurs s'évanouissent, la plupart se sauvent, le reste se précipite vers la cage et tire le dompteur par les pieds, on ne sait pas trop pourquoi ; mais l'affolement c'est l'affolement, n'est-ce pas ?

Le lion n'y comprend rien, ses invités le frappent à coups de parapluie, c'est un horrible vacarme.

Seul, un Anglais reste assis dans son coin et répète : « Je l'avais prévu, ça devait arriver, il y a dix ans que je l'avais prédit... »

Alors, tous les autres se retournent contre lui et crient :

« Qu'est-ce que vous dites ?... C'est de votre faute tout ce qui arrive, sale étranger, est-ce que vous avez seulement payé votre place ? » etc.

Et voilà l'Anglais qui reçoit, lui aussi, des coups de parapluie...

« Mauvaise journée pour lui aussi ! » pense le lion.

VIII

LES PREMIERS ANES

Autrefois, les ânes étaient tout à fait sauvages, c'est-à-dire qu'ils mangeaient quand ils avaient faim, qu'ils buvaient quand ils avaient soif et qu'ils couraient dans l'herbe quand ça leur faisait plaisir.

Quelquefois, un lion venait qui mangeait un âne ; alors tous les autres ânes se sauvaient en criant comme des ânes, mais le lendemain ils n'y pensaient plus et recommençaient à braire, à boire, à manger, à courir, à dormir... En somme, sauf les jours où le lion venait, tout marchait assez bien.

Un jour, les rois de la création (c'est comme ça que les hommes aiment à s'appeler entre eux) arrivèrent dans le pays des ânes et les ânes, très contents de voir du nouveau monde, galopèrent à la rencontre des hommes.

LES ÂNES
(Ils parlent en galopant)

Ce sont de drôles d'animaux blêmes, ils marchent à deux pattes, leurs oreilles sont très petites, ils ne sont pas beaux, mais il faut tout de même leur faire une petite réception... c'est la moindre des choses...

Et les ânes font les drôles, ils se roulent dans l'herbe en agitant les pattes, ils chantent la chanson des ânes et puis, histoire de rire, ils poussent les hommes pour les faire un tout petit peu tomber par terre ; mais l'homme n'aime pas beaucoup la plaisanterie quand ce n'est pas lui qui plaisante, et il n'y a pas cinq minutes que les rois de la création sont dans le pays des ânes que tous les ânes sont ficelés comme des saucissons.

Tous, sauf le plus jeune, le plus tendre, celui-là mis à mort et rôti à la broche avec autour de lui les hommes, le couteau à la main. L'âne cuit à point, les hommes commencent à manger et font une grimace de mauvaise humeur, puis jettent leur couteau par terre.

L'UN DES HOMMES
(Il parle tout seul)

Ça ne vaut pas le bœuf, ça ne vaut pas le bœuf !

UN AUTRE

Ce n'est pas bon, j'aime mieux le mouton !

166

UN AUTRE

Oh que c'est mauvais !

(Il pleure)

Et les ânes captifs, voyant pleurer l'homme, pensent que c'est le remords qui lui tire les larmes.

« On va nous laisser partir », pensent les ânes ; mais les hommes se lèvent et parlent tous ensemble en faisant de grands gestes.

CHŒUR DES HOMMES

Ces animaux ne sont pas bons à manger, leurs cris sont désagréables, leurs oreilles ridiculement longues, ils sont sûrement stupides et ne savent ni lire ni compter, nous les appellerons des ânes parce que tel est notre bon plaisir et ils porteront nos paquets. C'est nous qui sommes les rois, en avant !

Et les hommes emmenèrent les ânes.

C'EST A SAINT-PAUL DE VENCE...

A André Verdet

C'est à Saint-Paul de Vence que j'ai connu André
    Verdet
c'était un jour de fête
et Dieu sait si les fêtes sont belles dans le Midi
un jour de fête oui
et je crois même que c'était la canonisation de saint
    Laurent du Maroni
enfin quelque chose dans ce genre-là
avec de grands tournois de boules des championnats
    de luttes religieuses et des petits chanteurs de la
    Manécanterie
et des tambourinaires et des Arlésiens et des Arlé-
    siennes
des montreurs de ruines des fermeurs de persiennes
et des Saintes Maries de la Mer arrivées en wagon-
    citerne
un musée Dupuytren ambulant
avec ses fœtus transparents ses césariennes de plâtre
    et ses bubons fondants
un grand concours de pyjamas de plage et de suspen-
    soirs en rubans

une exihibition d'exhibitionnistes spectacle interdit
   aux enfants
enfin la location des plantes vertes pour cérémonies
   officielles battait son plein
Et il y avait des messes de minuit et des vêpres
   siciliennes dans tous les coins
et un cosaque
un centenaire avait promis marquant ainsi sa
   confiance en l'avenir
de rendre son dernier soupir en présence de ses
   concitoyens
mais il reprit goût à la vie en écoutant le tambourin
on fut obligé de l'abattre pour que la fête batte son
   plein
à coups de canon dans la prostate
histoire de rigoler un brin
Et en avant la musique en arrière les enfants
et les garçons de café se trompant de terrasse couraient porter la bière au cimetière du coin
enfin Nice était en folie
C'était le soir de Carnaval et les femmes jolies au bras
   de leur galant se pressaient vers le bal
sans parler du combat naval
de beaux officiers de marine sur des canonnières de
   nougat
bombardaient les jeunes filles de la ville avec des
   branches de mimosas
et des tombolas des manèges de cochons
et beaucoup de reposoirs pour se reposer en regardant passer les processions

et des fontaines lumineuses des marchands de poil à
    gratter
une course d'écrevisses des charmeurs de serpents
et des gens qui passaient tout doucement en se
    promenant
une boiteuse avec un hussard
un laboureur et ses enfants
un procureur avec tous ses mollusques
un chien avec une horloge
un rescapé d'une grande catastrophe de chemin de fer
un balayeur avec une lettre de faire-part
un cochon avec un canif
un amateur de léopards
un petit garçon très triste
un singe avec ses employés
un jardinier avec son sécateur
un jésuite avec une phlébite
et puis la guillotine et plus un condamné
le bourreau avec une angine et une compresse autour
    du cou
et ses aides avec un panier
et des arroseurs arrosés des persécuteurs persécutés
    et des empailleurs empaillés
et des tambours des trompettes des pipeaux et des
    cloches
un grand orchestre de tireurs de sonnettes
un quatuor à cordes de pendu
une fanfare de pinceurs de mollets
un maître de chapelle sixtine avec une chorale de
    coupeurs de sifflet et une très célèbre cantatrice

hémiplégique aérophagique et reconnue d'utilité publique interprétant « in extremis » et « gratis pro Deo » sous la direction d'un réputé chef de clinique la célèbre cantate en dents de si bémol majeur et en l'honneur du Grand Quémandeur de la Légion d'honneur avec chœur de dames d'honneur des garçons d'honneur musique d'honneur et paroles d'honneur

un festival de chansonnettes grivoises

et régal pour les mélomanes

un solo de cigale dans un orchestre de fourmis

trente-deux milles exécutants s'il vous plaît

remarquable musique provençale d'une étonnante couleur locale

et pour terminer la cigale exécutée par ses exécutants qui disparaît sans laisser d'autre trace que la mémoire de son chant

une douzaine d'œufs battus et contents entonnant la Mayonnaise dans un mortier de velours noir sur la tête d'un vice-président

une grande reconstitution historique avec saint Louis sous un chêne regardant tomber un gland Napoléon à Sainte-Hélène entouré d'os de tous côtés et Charlotte Corday brûlée vive à Drieu le Vésinet

et le Masque de fer avec son gant de velours dans la culotte d'un zouave sous les eaux de la Seine en mille neuf cent dix pendant la grande inondation

un remarquable tableau vivant où presque tous les
    morts de la guerre de Cent ans formaient une
    pyramide humaine d'un effet tout à fait saisis-
    sant avec le plus petit des morts tout en haut et
    fier comme Artaban agitant sans bouger d'un
    pouce un étendard taché de sang
et des largesses pour les indigents
un couvre-feu de la Saint-Jean des grandes eaux
    minérales une distribution gratuite de pinces à
    linge de ramasse-miettes de poignées de main et
    de bons vœux de Nouvel An
un mât de Cocagne une course en sac un rallye-
    papier hygiénique
un steeple chaise à porteurs
compétition publicitaire avec des Rois Soleil de der-
    rière les fagots hurlant dans des haut-parleurs à
    chaque virage à chaque cahot
Ah ! si j'avais une Peugeot !
Et sur une immense estrade de sapin blanc recou-
    verte de tapis d'Orient des femmes du monde
    poussaient des cris perçants jetant sur les cou-
    reurs des pots de fleurs des petits bancs
sur cette estrade il y avait aussi un comité des fêtes
    un comité des forges deux ou trois syndicats
    d'initiative les toilettes les double W.-C. le poste
    de secours aux noyés une exposition de frigidai-
    res et de dessous de bras à musique
une dégustation de Bénédictine offerte par des Béné-
    dictins et de véritable Phosphatine offerte par de
    véritables Phosphatins

et la reconstitution exacte et grandeur nature du
bazar de la Charité entièrement construit en
amiante à cause de la sécurité

et dans ce noble édifice provisoire et consacré à la
troisième vertu théologale

de somptueuses douairières debout sur la brèche
fières et infatigables

distribuaient bénévolement à leurs amis et connais-
sances des laits de poule aux œufs d'or des pots
de vin d'honneur des sandwiches au jambon et
des assiettes au beurre

et tout cela bien sûr y compris les hors-d'œuvre offerts
gracieusement au profit des bonnes œuvres

la boussole des filles perdues

le rond de serviette du vieux serviteur

la dernière cigarette du condamné

l'œuf d'autruche de Pâques pour les familles nom-
breuses

la bûche de Noël pour les jockeys d'obstacle tombés
dans la misère

et la bouche pleine et le jarret tendu des gens connus
faisaient connaissance avec d'autres gens
connus

Quand on pense qu'on ne s'était jamais vu disait l'un
qui avait beaucoup de décorations

Il n'y a que les montagnes qui ne se rencontrent pas
répondait un autre qui n'avait pas du tout de
menton

Quelle belle fête n'est-ce pas mais quelle chaleur
quelle foule et quelle promiscuité oh! ne m'en

parlez pas c'est vraiment déplorable que les gens comme il faut soient obligés de côtoyer les gens comme il ne faut pas et ça donne de beaux résultats tenez vous me croirez si vous voulez eh bien pas plus tard qu'à l'instant même et cela s'est passé devant le buffet excellent d'ailleurs le buffet des ballotines de foie gras absolument divines divines c'est le mot mais où en étais-je donc ah! oui figurez-vous disais-je que pas plus tard que tout à l'heure un de mes bons amis parmi les meilleurs excellent musicien par ailleurs a été odieusement piétiné par une bande de mal élevés piétiné non vraiment comme je vous le dis piétiné devant le buffet et cela à l'instant même où il se baissait fort imprudemment d'ailleurs pour ramasser son cure-dent ah! quelle foule quelle chaleur et quel malheur un ami de vingt ans évidemment nous étions un peu en froid mais qu'est-ce que ça peut faire devant la mort est-ce que cela compte ces choses-là vraiment c'est peu de chose que l'homme ah! oui peu de chose vous pouvez le dire peu de chose et nous traversons une vallée de larmes une vallée de larmes c'est le mot enfin la fête est réussie c'est le principal enchanté d'avoir fait votre connaissance mais non je vous assure tout le plaisir est pour moi j'espère que nous allons nous voir souvent mais bien sûr alors à très bientôt cher ami à très bientôt mon cher président

En somme pour résumer beaucoup de beau monde
  sur cette estrade
et beaucoup aussi tout autour
Et des baraques foraines avec avaleurs de sabre au
  clair
des jeteurs de mauvais sort des diseuses de bonne
  aventure
et des remonteurs de moral et des retardeurs de
  pendule
des dompteurs de puces à l'oreille des traîneurs de
  glaive des rallumeurs de flambeaux des imita-
  teurs de Jésus-Christ des jongleurs de Notre-
  Dame de Lourdes
des prétendants à la couronne d'épines et des rem-
  pailleurs de prie-Dieu
et des dames patronnesses et des messieurs patrons
  qui battaient la campagne et la grosse caisse
  d'épargne
devant l'édifiant carton-pâte d'un authentique décor
  de légendaire moulin à vent
où se pressait un certain nombre de Grands Meaul-
  nes de petits Pas-Grand-chose et de polytechni-
  ciens savants
autour d'un petit vieillard dur d'oreille vêtu d'un
  exemplaire costume de chèvre de Monsieur
  Seguin qui leur lisait l'avenir de l'intelligence
  dans le poil de la main
Et il y avait aussi naturellement le bal des petits pis
  blancs où la jeunesse dorée faisait ses tours de
  vache à deux et à trois temps et des mater

dolorosa des beaux-pères fouettards des petits
pères la colique des grand-mères mitoyennes des
grands-pères putatifs des arrière-grands-pères
Dupanloup et des arrière-grand-mères Cas-
pienne regardaient avec attendrissement tout en
posant négligemment pour la galerie d'ancêtres
leurs petits enfants vachant gaiement la vache
au bal des petits pis blancs
leurs enfants d'un même lit ou d'un lit d'à côté leurs
filles du calvaire et leurs garçons manqués et les
belles-sœurs latines
et les arrière-cousins germains et leurs fils à soldats
les beaux-fils à papa et les petites sœurs des
pauvres et les grandes sœurs des riches les
oncles à héritage et les frères de la cote Desfossés
Un peu plus loin la jambe en l'air et les jupes
retroussées des dames de la meilleure société à
capital variable et responsabilité limitée exécu-
taient avec une indéniable furia francese un
impeccable bien qu'un tantinet osé véritable
french cancan français
cependant qu'au milieu de la réprobation générale
un escadron de petites orphelines sous la
conduite d'une belle-mère supérieure qui l'avait
conduit là par erreur traversant le bal les cheveux tirés le dos voûté les yeux baissés et
strictement vêtu de noir animal de la tête aux
pieds disparaît en silence comme il était entré en
silence sans rien dire et au pas cadencé et

retourne se perdre dans la foule des pinceurs de
mollets
Dans la foule des pinceurs de mollets des coureurs de
guilledou des doreurs de pilules des bourreurs
de mou des collectionneurs de dragées man-
quées des récupérateurs de dommages de guerre
des receveurs de coups de pied au cul des
amateurs de claques dans la gueule des embobi-
neurs de fil de la Vierge des cramponnes d'am-
bassade des batteurs de tapis des détacheurs de
coupons des pousseurs de verrou des porteurs
de bonne parole des pronoureurs de paris des don-
neurs d'hommes des buveurs d'eau des connais-
seurs d'assiettes des mangeurs de morceau des
retourneurs de veste des rêveurs de plaies et
bosses des dresseurs de meute des tourmenteurs
jurés des prêteurs de main forte des metteurs de
main au collet des chefs de bande molletière et
des Basques
des Basques oui
beaucoup de Basques un grand nombre de Basques
une foule de Basques
car certainement ces gens qui défilaient sans aucun
doute c'étaient sûrement des Basques à en juger
par leur béret
des Basques qui défilaient comme un seul homme
un seul homme tout seul sous le même béret
qui défilait comme un seul homme tout seul en train
de s'ennuyer et qui ne rencontre personne sans
se croire obligé de saluer

des Basques et des Basques encore des Basques
toujours des Basques et sur les trottoirs d'autres
Basques regardant les Basques défiler et puis
leur emboîtant le pas défilant soudain à leur
tour défilant au son du tambour
de Basque
Et André Verdet
qu'est-ce qu'il faisait dans tout cela
rien
trois fois rien dix fois rien cent fois rien
absolument rien
il n'avait rien à voir absolument rien à voir avec cette
fête-là
et pourtant il était du pays comme on dit
mais on dit tant de choses du pays dans tous les pays
surtout du pays basque
et ces choses-là André Verdet les connaît dans les
coins
dans les mauvais coins
et il en a sa claque comme on dit
car on dit cela aussi
il en a vu d'autres entendu d'autres
il connaît la musique
c'est un homme qui revient de loin André Verdet
et qui y retourne souvent
et c'est là que je l'ai rencontré précisément
dormant couché dans la campagne ce fameux jour de
fête au pied d'un olivier
comme un cornac dormant couché aux pieds d'un
éléphant

et la comparaison est exacte

parce qu'un bois d'oliviers quand la nuit ne va pas
tarder à tomber

c'est tout à fait un troupeau d'éléphants guettant le
moindre bruit immobile dans le vent

et c'est vrai que l'olivier et l'éléphant se ressemblent

utiles tous deux

utiles anciens identiques graves et souriants

et tout nouveaux tout beaux malgré le mauvais
temps

paisibles tous les deux et de la même couleur

de gris vivant émouvant et mouvant

cette couleur d'arbre et d'éléphant qui n'a absolument aucune espèce de rapport avec aucune
espèce de couleur qu'il est convenu d'appeler
locale

cette couleur de tous les pays et d'ailleurs peut-être
aussi

cette couleur vieille comme le jour et lumineuse aussi
comme lui

cette couleur des vraies choses de la terre

la couleur de l'hirondelle qui s'en va

la couleur de l'âne qui reste là

vous savez l'âne

l'âne gris

l'âne gris qui refuse soudain d'avancer parce que
soudain il a décidé qu'il n'avancerait pas d'un
pas

et qui vous regarde avec son extraordinaire regard
d'âne gris

Oh! âne gris mon ami mon semblable mon frère
comme aurait dit peut-être Baudelaire s'il avait
    comme moi aimé les ânes gris
je viens encore une fois de me servir de toi
je t'ai couché là sur le papier et ce n'est pas pour que
    tu te reposes
non je t'ai couché là pour me servir
pour me servir de comparaison
pour que tu nous rendes service à André Verdet à
    moi et à d'autres
il ne faut pas m'en vouloir
c'était nécessaire
et tu n'es pas arrivé dans cette histoire comme le
    cheveu sur la soupe
mais bien comme le sel ou la cuillère
dans la soupe
tu es arrivé à ton heure et sans doute nous avions
    rendez-vous
alors je vais profiter de ta présence pour parler un
    peu de toi en public
Regardez l'âne Messieurs
regardez l'âne gris regardez son regard
hommes au grand savoir
coupeurs de chevaux en quatre pour savoir pourquoi
    ils trottent
et comment ils galopent
regardez-le et tirez-lui le chapeau
c'est un animal irraisonnable et vous ne pouvez pas le
    raisonner

il n'est pas comme vous vous dites composé d'une
âme et d'un corps
mais il est là tout de même
il est là
avec André Verdet avec beaucoup d'autres avec les
oliviers avec les éléphants avec ses grandes
oreilles et ses chardons ardents
il est là inexplicable inexpliqué
et d'une indéniable beauté
surtout si on le compare à vous autres et à beaucoup
d'autres encore
hommes à la tête d'éponge
hommes aux petits corridors
il est là
travailleur fainéant courageux et joyeux
et marrant comme tout
et triste comme le monde qui rend les ânes tristes
et d'une telle grandeur d'âne que jamais au grand
jamais vous entendez Messieurs
et même si vous vous levez la nuit pour l'épier jamais
au grand jamais aucun d'entre vous ne pourra
jamais se vanter de l'avoir vu ricanant menaçant
humiliant triomphant coiffer d'un bonnet
d'homme la tête de ses enfants
lève-toi maintenant âne gris mon ami
et au revoir et merci
et si tu rencontres le lion le roi des animaux
oui si tu le rencontres au hasard de tes tristes et
dérisoires voyages domestiques
n'oublie pas le coup de pied de la fable

le grand geste salutaire

c'est pour l'empêcher de se relever et de s'asseoir sur lui et sur ses frères qu'un âne bien né se doit de frapper le lion même quand il est à terre

au revoir mon ami mon semblable mon frère

Et l'âne gris s'en va gentiment comme il est venu et disparaît dans le bois d'éléphants où dort André Verdet

André Verdet couché au pied de l'arbre qu'on appelle olivier et aussi quelquefois arbre de la paix et dont nous avons dit plus haut si nos souvenirs sont exacts qu'il était utile alors que c'était indispensable qu'il aurait fallu dire

Enfin le mal est réparé

indispensable l'olivier

indispensable avec ses olives et l'huile de ses olives comme la vigne avec son vin le rosier avec ses roses l'arbre à pain avec son pain le chêne-liège avec ses bouchons le charme avec son charme le tremble avec son feuillage qui tremble dans la voix de ceux qui disent son nom

indispensable comme tant d'autres arbres avec leurs fruits leur ombre leurs allées leurs oiseaux

indispensable comme le bûcheron avec sa hache

le marchand de mouron avec son mouron

indispensable

alors qu'il y a d'autres arbres qu'on se demande à quoi ça sert vraiment

l'arbre généalogique par exemple

ou le saule pleureur qu'on appelle aussi paraît-il

arbre de la science infuse du bien mal acquis ne
profite jamais et du mal de Pott réunis amen
ou le laurier
parlons-en du laurier
quel arbre
à toutes les sauces le laurier et depuis des éternités à
toutes les sauces et dans toutes les bonnes
cuisines roulantes dignes de ce nom accommo-
dant à merveille les tripes au soleil et à la mode
des camps
et dans la triste complainte des incurables infirmiè-
res pour calmer l'insomnie du pauvre trépané
chers petits lauriers doux et chauds sur ma tête
à toutes les sauces le laurier
vous n'irez plus au bois vos jambes sont coupées
mais laissons là le laurier avec ses vénérables et
vénéneuses feuilles de contreplaqué ingénieuse-
ment liées entre elles par d'imperceptibles fils de
fer barbelés
laissons-le tomber le laurier
tressons-lui des lauriers au laurier
et qu'il se repose sur ses lauriers
le laurier
qu'il nous foute la paix
et qu'on n'en parle plus du laurier
parlons plutôt d'André Verdet
André Verdet toujours dormant dans la campagne
couché dans son bois d'éléphants et se promenant à dos d'olivier un peu partout à toute
vitesse sans se presser et dans le sens contraire

des aiguilles d'une montre parmi les ruines des
châteaux en Espagne à Barcelone sur la Rambla
place de la Bastille à Paris un beau soir de
quatorze Juillet quand les autobus s'arrêtent de
rouler pour vous regarder danser
se promenant les yeux grands ouverts sur le monde
entier
le monde entier comme un cheval entier
un cheval entier tombé sur la terre et qui ne peut plus
se relever et le monde entier qui le regarde sans
pouvoir rien faire d'autre que de le regarder
le monde entier coupé en deux le monde entier
impuissant affamé ahuri résigné le monde
entier le mors aux dents et le feu au derrière
tortionnaire et torturé mutilé émasculé affolé
désespéré
et tout entier quand même accroché à l'espoir de voir
le grand cheval se relever
et André Verdet écrit des poèmes
des poèmes de sable
et il les jette sous les pieds du cheval
pour l'aider
des poèmes sous les pieds du cheval
sur la terre
Pas des poèmes le doigt aux cieux les yeux pareils les
deux mains sur le front et l'encre dans la bouteille
pas des poèmes orthopéguystes mea culpiens garin-
baldiens
pas des poèmes qui déroulent comme sur Déroulède

leurs douze néo pieds bots salutaires réglemen-
taires cinéraires exemplaires et apocalyptiques
pas de ces édifiantes et torturantes pièces montées
où le poète se drapant vertigineusement dans les
lambeaux tardifs et étriqués de son complet de
première communion
avec sur la tête un casque de tranchée juché sur les
vestiges d'un béret d'étudiant
se place soi-même tout seul arbitrairement en première ligne de ses catacombes mentales
sur sa petite tour de Saint Supplice
au sommet de sa propre crème fouettée
donnant ainsi l'affligeant spectacle de l'homme
affligé de l'affligeant et très banal complexe de
supériorité
Non
André Verdet et il n'est pas le seul écrit des poèmes de
vive voix
de la main à la main de gaieté de cœur et parce que ça
lui fait plaisir
et il se promène dans ses poèmes à la recherche de ce
qu'il aime
et quand il trouve ce qu'il aime il dit bonjour et il
salue
oui il salue ceux qu'il rencontre quand ils en valent la
peine
ou le plaisir
ou la joie
et il salue le soleil des autres quand les autres ont un
soleil

il salue le jour qui se lève
ou qui se couche
il salue la porte qui s'ouvre la lumière qui s'allume le
    feu qui s'éteint
le taureau qui s'élance dans l'arène
la mer qui se démonte qui se retire qui se calme
il salue aussi la rivière qui se jette dans la mer
l'enfant qui s'éveille en riant
la couturière qui se pique au doigt et qui porte à ses
    lèvres la petite goutte de sang
le lézard qui se chauffe au soleil sur le mur qui se
    lézarde lui aussi au soleil
l'homme libre qui s'enfuit qui se cache et qui se
    défend
l'eau qui court la nuit qui tombe les amoureux qui se
    caressent dans l'ombre qui se dévorent des yeux
    l'orage qui se prépare la femme qui se fait belle
    l'homme pauvre qui se fait vieux et le vieillard
    qui se souvient d'avoir été heureux et la fille qui
    se déshabille devant le garçon qui lui plaît et
    dans la chambre leur désir qui brille et qui brûle
    comme un incendie de forêt
il n'est pas difficile André Verdet
A tous les coins de rue il rencontre les merveilles du
    monde et il leur dit bonjour
il dit bonjour à ceux qui aiment le monde
mais les autres il ne leur dit pas bonjour
absolument pas
Les autres qui se font souffrir qui se font des idées
    qui se rongent les ongles des pieds en se deman-

dant comment ils vont finir leurs jours et où ils
vont passer leur soirée

les autres qui s'épient s'expliquent se justifient se
légitiment qui se frappent la poitrine qui se
vident le cendrier sur la tête qui se psychanaly-
sent les urines qui se noient dans la cuvette qui
se donnent en exemple et qui ne se prennent pas
avec des pincettes

les autres qui s'accusent qui se mettent plus bas que
terre qui s'écrasent sur eux-mêmes et qui s'excu-
sent de vivre

les autres qui simulent l'amour qui menacent la
jeunesse qui pourchassent la liberté

les autres à tue et à toi avec leur pauvre petit moi et
qui désignent la beauté du doigt.

(Juillet 1943)

DES OUBLIETTES DE SA TÊTE...

Des oubliettes de sa tête
comme un diable de sa boîte
s'évade un fol acteur
drapé de loques écarlates
qui joue pour lui tout seul
rideaux tirés bureaux fermés
le grand rôle de sa vie
la Destinée d'un déclassé

Et debout sur le trottoir
au promenoir de sa mémoire
il est l'unique spectateur
de son mélodrame cérébral et revendicateur
où la folie des splendeurs
brosse de prestigieux décors
Je n'ai jamais été qu'intermédiaire
mais quel intermédiaire j'étais
J'ai brisé les chaussures de rois très fatigués

pour le compte honoraire des plus grands des
     bottiers
J'ai été ventriloque dans beaucoup de banquets
pour des orateurs bègues aphones et réputés
et j'ai mâché la viande de très vieux financiers
et j'ai cassé du sucre sur de très jolis dos
au profit d'un bossu roi du Trust des chameaux
Mais j'ai conduit toutes ces bêtes
dans un si bel abreuvoir
Elles qui n'avaient jamais rien vu
tout à coup se sont mises à voir
tous les visages de l'eau sur les pierres du lavoir
la gaieté d'un vivier et la joie d'un torrent
la lune sur la lagune
et les flots sur les docks
les digues et les dunes
le calme d'un étang
la danse d'un ruisseau
la pluie dans un tonneau
Et nous sommes remontés à la source
en passant par le trou d'une aiguille
et en musique s'il vous plaît
car c'était il faut le dire une aiguille de phono

Là nous avons trinqué
oasis et mirage
coups de rouge et miroir d'eau
et tout le monde était saoul

Mais en bas le grand Monde
brusquement émondé
les quatre verres en l'air
le bec de gaz dans l'eau
est resté en carafe
la soif dans le gosier
moignons dans l'étrier
la tête contre le mur des lamentations

Nos chameaux sont partis
jamais ne reviendront.

VOLETS OUVERTS VOLETS FERMÉS...

Volets ouverts
carreaux cassés ensoleillés
paroles données promesses échangées
une voix qui se voilait soudain s'est dévoilée
l'autre voix qu'elle caresse connaît ses doux secrets

Volets ouverts
Fou rire d'une école tout entière
éclatant au coin d'une rue
merveilleux cris du ramoneur depuis si longtemps
    disparu

Volets fermés
toiles à laver usées
rampes d'escaliers à la boule brisée
Volets ouverts punaises oubliées

Volets fermés
le papillon du gaz recommence à siffler

son refrain bleu et blême
et toute la cuisine tremble
de toutes les cicatrices de ses murs de crasse

Volets ouverts
des lilas plein les bras
et brune et blonde et rousse
une chanson pieds nus traverse la maison
comme elle a par ailleurs
traversé les saisons

Volets ouverts
on l'entend de partout
c'est l'air de tout le temps
une voix de cristal
dans un palais de sang

Volets ouverts
la maison se réveille
au grand air du Printemps
Et la plus belle eau de vaisselle
sur le plus sordide des éviers
soudain comme une eau vive
se reprend à chanter
et se met à danser
sur les assiettes ébréchées les fourchettes édentées

Musique de blanc de céruse
et de marc de café

et de bleu de lessive
et de noir de fumée
et de noir animal
et d'appétit coupé
Musique de petite braise à nouveau enflammée

Musique de gros sel et d'écorces d'oranges
Un rempailleur de chaises
dans une flûte à champagne rescapée d'une poubelle
siffle un grand air de rouge
et c'est un air des Iles Fortunées

Volets ouverts
Sorcière la poussière
voltige sur son manche à balai

Volets ouverts
la concierge de sa loge
la regarde voltiger

Volets ouverts
au garde-fou du rêve le soleil s'est penché
Verrous ouverts et refermés

Main chaude de l'amour le long des reins de l'ombre
quelqu'un dans une chambre
doucement a murmuré

Sa main sur mon épaule
c'est tout le sel de la lune
sur la queue du plus heureux des oiseaux
Je ne veux plus partir
je ne veux plus voler
Tourne le dos soleil
et persienne ferme-toi
Toute sa lumière nue
toute sa lumière à elle
sur son lit brille pour moi

Volets ouverts et puis fermés
Amants aimant et amoureux aimés
Volets ouverts et puis fermés

La clef des songes est sous le paillasson
un petit dieu bien propre
surnommé Cupidon
fait le garçon d'hôtel et l'agent de liaison

Volets ouverts et fermés
au rosier noir d'Éros
une rose a frissonné
la branche où elle rêvait
en deux vient de se casser
Où est-elle la rose
est-elle encore sur l'arbre
ou bien sur le carreau

Elle-même ne le sait
son parfum s'est enfui déjà
dans l'air du temps
qui entend son refrain perdu et lancinant

Volets ouverts et fermés
Deux amants séparés leur couple à peine formé
Volets claquant dans le vent
Pourtant
ils s'entendaient si bien ensemble
chacun parlant tout seul
se taisant tous les deux
Mais un jour il a dit
un mot plus haut que l'autre
Toute sa voix a boité
et elle a répondu
amèrement à cloche-pied
Hélas
ils parlaient la même langue
sans jamais s'en être doutés
et ils se sont battus
ils se sont expliqués
Volets fermés volets fermés

L'explication fut longue
la bataille de courte durée
et ils se sont quittés
Chacun d'eux était fait pour s'entendre
mais aucun pour écouter l'autre

Tous deux avaient appris dans les mêmes livres
les merveilles qu'ils disaient
et comme c'étaient les mêmes merveilles
aucun des deux n'était émerveillé

Volets ouverts volets fermés
Sur le carrelage de la cuisine
la voix de cristal s'est brisée
le papillon du gaz recommence à siffler
les chiens près des poubelles s'installent pour
    souper.

UN MATIN RUE DE LA COLOMBE...

Un matin
dans une cour de la rue de la Colombe
ou de la rue des Ursins
des voix d'enfants
chantèrent quelque chose comme ça :

Au coin d' la rue du Jour
et d' la rue Paradis
j'ai vu passer un homme
y a que moi qui l'ai vu
j'ai vu passer un homme
tout nu en plein midi
y a que moi qui l'ai vu
pourtant c'est moi l' plus petit
les grands y savent pas voir
surtout quand c'est marrant
surtout quand c'est joli
Il avait des ch'veux d'ange
une barbe de fleuve

une grande queue de sirène
une taille de guêpe
deux pieds de chaise Louis treize
un tronc de peuplier
et puis un doigt de vin
et deux mains de papier
une toute petite tête d'ail
une grande bouche d'incendie
et puis un œil de bœuf
et un œil de perdrix

Au coin d' la rue du Jour
et d' la rue Paradis
c'est par là que je l'ai vu
un jour en plein midi
c'est pas le même quartier
mais les rues se promènent
partout où ça leur plaît.

ENFANTS DE LA HAUTE VILLE...

Enfants de la haute ville
filles des bas quartiers
le dimanche vous promène
dans la rue de la Paix
Le quartier est désert
les magasins fermés
Mais sous le ciel gris souris
la ville est un peu verte
derrière les grilles des Tuileries
Et vous dansez sans le savoir
vous dansez en marchant
sur les trottoirs cirés
Et vous lancez la mode
sans même vous en douter
Un manteau de fou rire
sur vos robes imprimées
Et vos robes imprimées
sur le velours potelé
de vos corps amoureux
tout nouveaux tout dorés

Folles enfants de la haute ville
ravissantes filles des bas quartiers
modèles impossibles à copier
cover-girls
colored girls
de la Goutte d'Or ou de Belleville
de Grenelle ou de Bagnolet.

CHARMES DE LONDRES

I

« Love
Love is money chéri »

Vénus sortie de l'onde à Newhaven venant de Dieppe
via Saint-Lazare Paris
Vénus tout à l'heure
a frôlé ce marin maintenant endormi
sur les marches du temple élevé en plein air
à la vie de l'amour à l'amour de la vie
Et le marin a le mauvais sommeil

« Love
Love is money chéri »
Mais Éros le prend sous son aile et lui dit
Qu'est-ce que tu veux c'est le refrain c'est la rengaine
des sirènes de l'ombre
des pauvres reines de la nuit

à Londres comme ailleurs
ailleurs comme à Paris
Elles vivent de leurs charmes
pourquoi en faire un drame
de quoi veux-tu qu'elles vivent ces pauvres petites
     souris
et c'est Mercure qui fait les prix
à quoi bon te casser la tête
tout ça c'est de la Mythologie
Et le marin dans son sommeil sourit
Éros veille sur lui
comme il veille sur Auguste à la recherche de
     Narcisse
dans les derniers feux de la piste
de Piccadilly Circus
où le bel adolescent vêtu de haillons noirs
et fort bien coupés
sous le manteau
offre à qui sait les voir
les mille et un portraits de Dorian Gray.

II

Eau
eau des jets d'eau
eau des miroirs d'eau
eau des viviers des fleuves des ruisseaux des éviers
et des bassins des hôpitaux
eau des puits très anciens et des pluies torrentielles

202

eau des écluses et des quais de halage
eau des horloges et des naufrages
eau à la bouche
eau des yeux grands ouverts sombres et lumineux
eau des terres de glaces et des mers de feu
eau des usines et des chaudières
des cuisines et des cressonnières
eau douce des navires eau vive des locomotives
eau courante
eau rêveuse vertigineuse
eau scabreuse
eau dormante réveillée en sursaut
eau des typhons des mascarets des robinets
des raz de marée des lames de fond
eau des carafes sur les guéridons
eau des fontaines et des abreuvoirs

Eau
quand tu danses à Londres en été dans le noir
tes feux follets racontent une si triste histoire
une si vieille histoire comme la Tamise en raconte
    aux enfants
Feux follets d'Ophélie
Folie du pauvre Hamlet
Dans un ruisseau de larmes
une fleur s'est noyée
Dans un ruisseau de sang
le soleil s'est couché

quelque chose de pourri voulait le consoler
Oh folie
os fêlés
le cimetière est désert
les tombes dépareillées

Orphéons et Fanfares jouez-nous encore une fois
cet air fou d'autrefois
cet air si déchirant enluminant le Temps

Oh folie
os fêlés

Dans sa boîte crânienne
au couvercle doré
un prince s'est enfermé
Dans sa cage cérébrale
il ne cesse de tourner
Une folle fille d'Éros
voudrait le délivrer
Si la cage est fragile
les barreaux sont solides
elle a beau les secouer

Oh folie d'Ophélie
os fêlés d'Hamlet.

III

CABLE CONFIDENTIEL

Que voulez-vous quand plafond trop noir quoi bon
     lever les yeux plafond Stop
Autant cogner tête contre muraille du son Stop
Sommes pas seuls ennuyés Stop
Amis héréditaires dernières hostilités grosses diffi-
     cultés Stop
Ennuis de nos amis sont aussi nos amis enfin mo
     comprenez Stop
Malle des Indes en souffrance ainsi de suite et j'en
     passe Stop mais bien considérer bombes atomi-
     ques sommeil valises diplomatiques Stop
Industries des Réveils prête à intervenir Stop
Cas regrettable éventualité nouveau feu artifice mon-
     dial agir avec doigté pour éviter bouquet Stop
D'accord votre objection millions vies humaines pas
     à négliger mais Intérêt Supérieur prime sur le
     Marché Stop
Sang versé Trésorerie sera toujours très honoré
Au cas beaucoup trop d'œufs dans omelette flambée
Verser profits et pertes comme par le passé Stop.

ARBRES

I

A Georges Ribemont-Dessaignes

En argot les hommes appellent les oreilles des
    feuilles
c'est dire comme ils sentent que les arbres connais-
    sent la musique
mais la langue verte des arbres est un argot bien plus
    ancien
Qui peut savoir ce qu'ils disent lorsqu'ils parlent des
    humains

Les arbres parlent arbre
comme les enfants parlent enfant

Quand un enfant de femme et d'homme
adresse la parole à un arbre

l'arbre répond
l'enfant l'entend
Plus tard l'enfant
parle arboriculture
avec ses maîtres et ses parents
Il n'entend plus la voix des arbres
il n'entend plus leur chanson dans le vent

Pourtant parfois une petite fille
pousse un cri de détresse
dans un square de ciment armé
d'herbe morne et de terre souillée
Est-ce... oh... est-ce
la tristesse d'être abandonnée
qui me fait crier au secours
ou la crainte que vous m'oubliiez
arbres de ma jeunesse
ma jeunesse pour de vrai
Dans l'oasis du souvenir
une source vient de jaillir
est-ce pour me faire pleurer
J'étais si heureuse dans la foule
la foule verte de la forêt
avec la peur de me perdre
et la crainte de me retrouver

N'oubliez pas votre petite amie
arbres de ma forêt.

II

A Antibes
rue de l'Hôpital
où l'herbe à chats surgit encore indemne entre les
     pavés
il y a un grand micocoulier
Il est dans la cour de l'asile des vieillards
Hé oui c'est un micocoulier
dit un vieillard assis sur un banc de pierre
contre un mur de pierre
et sa voix est doucement bercée par le soleil d'hiver
Micocoulier
ce nom d'arbre roucoule dans la voix usée
Et il est millénaire
ajoute le vieil homme en toute simplicité
beaucoup plus vieux que moi mais tellement plus
     jeune encore
millénaire et toujours vert
Et dans la voix de l'apprenti centenaire
il y a un peu d'envie
beaucoup d'admiration
une grande détresse
et une immense fraîcheur.

III

Si jamais à Paris
vous passez par la rue Pillet-Will

qui va de la rue La Fayette à la rue Laffitte
en tournant oblique
emportez une plante
un brin d'herbe
un petit arbre
ou alors il vous arrivera
oh non pas malheur
mais un tel ennui instantané et qui vous attend au
    tournant que même le petit bossu de la rue
    Quincampoix en grelotterait d'ennui et d'hor-
    reur
pauvre petit spectre
sur lequel cette rue bardée de misère d'or
jetterait
comme une aumône
un froid

Celui qui plantera un arbre secret dans la rue Pillet
    Will
n'aura son nom marqué sur aucune façade
mais sans le savoir les passants
lui seront très reconnaissants
en écoutant dans cette rue mendiante stricte et veuve
    de tout
un petit air de musique verte
insolite
salutaire et surprenant.

IV

Dans un bois
un homme s'égare
Un homme de nos jours et des siens en même temps
Et cet homme égaré sourit
il sait la ville tout près
et qu'on ne se perd pas comme ça
il tourne sur lui-même
Mais le temps passe
oui le temps disparaît et bientôt le sourire aussi
Il tourne sur lui-même
qui tourne autour de lui
L'espace est une impasse
où son temps s'abolit
Il a un peu terreur
il a un peu ennui
C'est idiot se dit-il
mais il a de plus en plus terreur
ennui souci
Est-ce Meudon la Forêt-Noire Bondy
les gorges de Ribemont
d'Apremont
Il sait pourtant
que c'est le bois de Clamart
mais il y a quelque chose dans sa mémoire
dans son imaginatoire
quelque chose qui hurle à la mort
en lui tenant les côtes
Mais il a beau essayer de sourire encore

le fou rire de l'enfance
est enfermé dans le cabinet noir
Il a terreur et panique de logique
et dans ce bois comme navire sur la mer
il a roulis angoisse désarroi de navire

Oh je ne suis pas superstitieux
mais je voudrais toucher du bois
pour ne pas le devenir
Toucher du bois
tout est là
Et dans son désarroi
il se fouille comme un flic fouille et palpe un autre
    être
Pas de cure-dents pas d'allumettes
nulle amulette
Il est de plus en plus perdu
aux abois comme biche ou cerf
et il oublie de plus en plus
que les arbres sont des arbres
et que les arbres sont en bois

Toucher du bois
toucher du bois
Soudain derrière lui tout entier
le bois
dans un véritable fou rire
intact ensoleillé
disparaît

Sur une route
passe un laveur de carreaux
en vélo
une échelle sur l'épaule
beau comme un clown de Médrano

Une échelle
une échelle en bois
en bois à toucher

L'homme
comme un naufragé hurle terre
comme un assoiffé hurle eau
comme un condamné hurle grâce
l'homme hèle le cycliste
l'homme hurle bois
Le cycliste passe

Un corbillard rapide et vide
avec un chauffeur hilare
renverse l'homme sans s'en apercevoir.

ET DIEU CHASSA ADAM...

Et Dieu chassa Adam à coups de canne à sucre
Et ce fut le premier rhum sur la terre

Et Adam et Ève trébuchèrent
dans les vignes du Seigneur
la sainte Trinité les traquait
mais ils s'obstinaient à chanter
d'une enfantine voix d'alphabet
Dieu et Dieu quatre
Dieu et Dieu quatre
Et la sainte Trinité pleurait
Sur le triangle isocèle et sacré
un biangle isopoivre brillait
et l'éclipsait.

DES PREMIERS PARENTS...

Caïn et Abel avaient une sœur unique qu'ils appelaient Putain et Rebelle.

Un beau jour ils s'entre-tuèrent pour elle.

— Ça commence bien, dit Adam.

— Tu trouves? dit Ève en souriant.

— Enfin, tout de même, tu avoueras que c'est tragique! dit Adam.

— La tragédie, ce n'est pas grand-chose, dit Ève. Une absence de savoir-vivre.

Et elle se reprit à rêver.

De temps à autre le serpent, en bon petit chien bien élevé, lui apportait la pomme que parfois Ève daignait lui lancer.

SOUS LE CIEL BLEU DE MÉTHYLÈNE

Sous le ciel bleu de Méthylène
si grave était le chant des grives
Et quand tous deux nous gravissions
de l'escalier de la maison
tous les degrés
sur les murs avec ton gravoir
tu gravais ma gravelure
Mais qu'importe !
Sur le carré de la distance
de ta porte à ma porte
ton corps et mon corps s'attiraient
Mais aujourd'hui
tout est gravelle gravats gravois
Tu étais mon gravitateur
et j'étais ta gravitative
Hélas ! gravats gravelle graviers
ma gravidité t'inquiétait
Je me jetterai de la gravière
j'en gravirai tous les degrés
comme autrefois notre escalier

Oh! c'est pas gai tout a tourné
la mer le sol le ciel
Oh! pourquoi t'avoir dit Je t'aime?
Me voilà la triste victime
de l'aggravitation universelle.

OPÉRA TONIQUE

A Isidore Ducasse

Poulpe, oh, regarde-moi! dit l'homme devant son
miroir en balançant les bras, en agitant les
mains, en frissonnant des doigts.

Poulpe au regard de soi, l'homme-pieuvre dans la
glace apparaît et ses tentacules roses, blêmes et
frémissants, font des signes de croix endiablés.

Le miroir est un aquarium où l'homme-pieuvre s'est
enfermé.

L'aquarium est emporté par la grande marée.

L'homme-pieuvre découvre avec terreur les
balayeurs de la mer qui le rejettent sur la terre
avec les derniers déchets atomiques mêlés aux os
de Trafalgar, de Pearl Harbour, du Titanic.

Dansent et chantent alors les sirènes de chair et
d'eau, les hommes-grenouilles et les hommes-
cachalots.

Et c'est un opéra de la plus belle eau comique.

ACTUALITÉS

A New York ou ailleurs, assis dans son fauteuil de
gloire, Lindbergh, l'aviateur, peut voir —
comme si c'était lui — l'acteur qui joue le rôle
qu'il a lui-même joué dans l'histoire.

Au cinéma du Moulin Rouge, aujourd'hui, par la
porte entrouverte de la cabine de l'opérateur, on
perçoit des clameurs, celles de la foule des
porteurs en triomphe, à l'atterrissage au Bourget en 1927.

Ailleurs encore, dans une cinémathèque, Védrines
atterrit en 1919 sur le toit des Galeries
Lafayette.

Mais en même temps dehors, c'est-à-dire aujourd'hui
encore à Paris, le ciel du dimanche craque dans
la tête des gens.

Festival au Bourget.

Comme jeu de cartes au cirque par deux mains
tenaces et crispées, la tendre lumière du printemps est déchirée, jetée, éparpillée.

Les monte-en-l'air, les perceurs de muraille, les
creveurs de plafond font leur exhibition.

Sabres et scies et bistouris stridents.

La fraise du dentiste singe le chant du grillon et de
    pauvres rats volants en combinaison Frankens-
    tein foncent à toute vitesse vers la ratière du
    temps.

Malheureux vagabonds.

Terrain vague du ciel et palissade du son.

L'écran des actualités toujours et de plus en plus
    bordé de noir est une obsédante lettre de faire-
    part où ponctuellement, hebdomadairement,
    Zorro, Tarzan et Robin des Bois sont terrassés
    par le mille-pattes atomique.

Pourtant, au studio, sur leurs passerelles, écrasés de
    lumière, les travailleurs du film, comme sur
    leurs bateaux les travailleurs de la mer, poursui-
    vent leur labeur.

Et la ville, en extérieurs, poursuit comme eux le film
    de sa vie, le film de Paris.

Le long des quais, la Seine est calme comme un lit
    bien fait.

Signe de vie verte, un brin d'herbe surgit entre deux
    pavés.

Une fille s'arrête et respire.

— Oh ! je respire, oui je respire et cela me fait autant
    plaisir que de fumer une cigarette. J'avais oublié
    que je respirais. C'est merveilleux, l'air de la vie
    n'est pas encore tout à fait empoisonné !

Elle sourit, la joie est dans ses yeux, la joie oubliée, retrouvée et remerciée.

Un garçon s'approche d'elle et lui demande de l'air, comme on demande du feu.

Le ciel recommence à grincer, mais le couple s'embrasse, l'herbe rare frémit, le film continue, le film de l'amour, le film de la vie.

ENFANT, SOUS LA TROISIÈME...

Enfant, sous la Troisième, j'habitais au quatrième une maison du dix-neuvième.

L'eau était sur le palier, parfois le gaz était coupé
et souvent les encaisseurs de la Semeuse cognaient à
la porte en tripotant leur petit encrier, mais il y avait
toujours, dans la rue ou dans la cour, quelqu'un qui
faisait de la musique, quelqu'un qui chantait.

C'était beau.

Des fenêtres s'ouvraient, une grêle de sous enro-
bée de papier giclait, dansait sur le pavé.

Bien sûr, depuis longtemps, comme la Grande
Armée, l'Opéra avait son avenue, mais la chanson
avait pour elle toutes les rues, les plus amoureuses,
les plus radieuses, comme les plus démantelées, les
plus scabreuses et les plus déshéritées, comme les
plus marrantes, les plus éclatantes de gaieté.

Aujourd'hui, les chanteurs des rues sont inter-
dits de séjour, mais un peu partout, oasis de pierre
tenace et de bois vermoulu, d'oiseaux des villes et de

fleurs urbicoles, se dressent encore, intacts et têtus, les très somptueux décors de la féerie des rues.

Et comme le cri des cœurs tracés au couteau sur les murs, avec entrelacés les prénoms de l'amour, le chant secret des rues se fait entendre en chœur, comme au plus beau de tous les anciens jours.

Chants de la rue de la Lune, de la rue du Soleil et de la rue du Jour.

Refrains du passage des Eaux,
de la rue de la Source, de la rue des Cascades,
de la rue du Ruisseau
et de l'impasse Jouvence et de la rue Fontaine
et du Dessous des Berges
et de la rue Grenier sur l'Eau
et des Écluses et des Étuves Saint-Martin
et de la Grosse Bouteille
de l'Abreuvoir, du Réservoir
et des Partants et du Repos.

Rondes de la Place des Fêtes, de la rue des Fillettes et de la rue des Écoliers,
de la rue des Alouettes, de la Colombe,
des Annelets.

Comptines de la rue du Renard et de la rue aux Ours et de la rue des Lions,
de la cité Jonas et de l'impasse de la Baleine.

Romances du passage des Soupirs et du passage
Désir
et de l'impasse des Souhaits
et de l'impasse Monplaisir et de l'impasse de l'Avenir.

Rengaines de la rue Bleue, du passage d'Enfer et
de la rue de Paradis.

Litanies de la rue Dieu,
de l'impasse des Prêtres, de la rue Pirouette et de
l'Ancienne Comédie.

Complaintes de la rue du Chevalier de la Barre
et de la rue Étienne Dolet
et de la rue Francisco Ferrer,
de la rue Sacco et Vanzetti à Bagnolet.

Goualantes de la rue des Brouillards et de la rue
du Roi Doré,
de la rue Simon Le Franc et de la rue Aubry le
Boucher où se promenait jadis Liabeuf le Petit Cordonnier dont la tête un beau jour roula sur les
Marches du Palais.

C'EST L'AMOUR QUI M'A FAITE

A Jo Warfield

Je suis née toute nue
Je vis comme je suis née
Je suis née toute petite
Si j'ai grandi trop vite
Jamais je n'ai changé
Et je vis toute nue
Pour la plupart du temps
Ce temps où je vis nue
Ce temps c'est de l'argent

C'est l'amour qui m'a faite
L'amour qui m'a fait fête
L'amour qui m'a fait fée
Où donc est-il parti
L'amoureux que j'avais
Qui me faisait plaisir
Qui me faisait rêver
Qui me faisait danser
Danser à sa baguette

C'était mon chef d'orchestre
Moi son corps de ballet

C'est l'amour qui m'a faite
L'amour qui m'a fait fête
L'amour qui m'a fait fée
Et je vous change en bête
Chaque fois que ça me plaît
Votre amour me fait rire
Votre amour n'est pas vrai
Marchez à ma baguette
Et passez la monnaie

C'est l'amour qui m'a faite
L'amour qui m'a défaite
Et m'a abandonnée
L'amoureux que j'avais
Où s'en est-il allé
Où s'en est-il allé
Où s'en est-il allé.

LE PASSEUR

Ils erraient
ils ne savaient où passer leur soirée
et j'ai ouvert la porte de leur dernière demeure
C'étaient de malheureux vivants à qui j'ai fait la
      charité

Je suis passeur de mon métier
trépasseur si vous préférez

Pour eux le temps c'était de l'argent
mon salaire ils l'avaient en poche
à ne plus savoir qu'en faire
Ils erraient dans une triste foire
aucun vrai manège ne tournait
Horloger de la dernière heure
— leur première n'était pas meilleure —
je leur réglai leur compte
de minutes et d'années
Pour eux c'étaient de petites sommes

à la caisse d'épargne du malheur
parcimonieusement entassées
Pour moi c'était argent meilleur
Pour eux c'était fausse monnaie

Je suis passeur de mon métier
trépasseur si vous préférez

Leur goût du pain était passé
Leur avenir était terminé
les petits chats noyés dans la rivière
Qui jamais leur a demandé
leurs dernières volontés ?

Je suis passeur de mon métier
trépasseur si vous préférez.

CŒUR DE RUBIS

Je sais dire Je t'aime
mais j' sais pas aimer
Ton cœur de rubis
qu'est-ce que j'en ai fait?

J'ai joué à l'amour
j' savais même pas jouer
Ton cœur de rubis
qu'est-ce que j'en ai fait?

La vitre est brisée
l' magasin fermé
l' satin déchiré
l'écrin piétiné

Je voulais t'avoir
j' voulais t' posséder
Je jouais à l'amour
j'ai seul'ment triché

Ton cœur de rubis
qu'est-ce que j'en ai fait ?
Maintenant c'est trop tard
j'ai tout saccagé

Ton cœur de rubis
j' peux même pas le fourguer
Ya pas d' receleur
pour l'amour volé.

... ET VOILA

Un marin a quitté la mer
son bateau a quitté le port
et le roi a quitté la reine
un avare a quitté son or
                    ... et voilà

Une veuve a quitté le deuil
une folle a quitté l'asile
et ton sourire a quitté mes lèvres
                    ... et voilà

Tu me quitteras
tu me quitteras
Tu me quitteras
tu me reviendras
tu m'épouseras
tu m'épouseras
Le couteau épouse la plaie
l'arc-en-ciel épouse la pluie

le sourire épouse les larmes
les caresses épousent les menaces

                                 ... et voilà

Et le feu épouse la glace
et la mort épouse la vie
comme la vie épouse l'amour

Tu m'épouseras
Tu m'épouseras
Tu m'épouseras.

CRI DU CŒUR

A Henri Crolla

C'est pas seulement une voix qui chante
c'est d'autres voix une foule de voix
voix d'aujourd'hui ou d'autrefois
Des voix marrantes ensoleillées
désespérées émerveillées
Voix déchirantes et brisées
voix souriantes et affolées
folles de douleur et de gaieté

C'est la voix d'un chagrin tout neuf
la voix de l'amour mort ou vif
la voix d'un pauvre fugitif
la voix d'un noyé qui fait plouf
C'est la voix d'un oiseau craintif
la voix d'un moineau mort de froid
sur le pavé d' la rue de la Joie
Tout simplement la voix d'un piaf

Et toujours toujours quand je chante

cet oiseau-là chante avec moi
Toujours toujours encore vivante
sa pauvre voix tremble pour moi
Si je disais tout ce qu'il chante
tout c' que j'ai vu et tout c' que je sais
j'en dirais trop et pas assez
Et tout ça je veux l'oublier

D'autres voix chantent un vieux refrain
c'est leur souvenir c'est plus le mien
je n'ai plus qu'un seul cri du cœur
J'aime pas le malheur j'aime pas le malheur
et le malheur me le rend bien
mais je l' connais il m' fait plus peur
Il dit qu'on est mariés ensemble
même si c'est vrai je n'en crois rien

Sans pitié j'écrase mes larmes
je leur fais pas d' publicité
Si on tirait l' signal d'alarme
Pour des chagrins particuliers
jamais les trains n' pourraient rouler
Et je regarde le paysage
si par hasard il est trop laid
j'attends qu'il se r'fasse une beauté

Et les douaniers du désespoir
peuvent bien éventrer mes bagages
me palper et me questionner

j'ai jamais rien à déclarer
L'amour comme moi part en voyage
un jour je le rencontrerai
A peine j'aurai vu son visage
tout de suite je le reconnaîtrai.

VOYAGES

Moi aussi
comme les peintres
j'ai mes modèles

Un jour
et c'est déjà hier
sur la plate-forme de l'autobus
je regardais les femmes
qui descendaient la rue d'Amsterdam
Soudain à travers la vitre du bus
j'en découvris une
que je n'avais pas vue monter
Assise et seule elle semblait sourire
A l'instant même elle me plut énormément
mais au même instant
je m'aperçus que c'était la mienne
J'étais content.

TABLE

HISTOIRES

D'AUTRES HISTOIRES

DU MÊME AUTEUR

LA CINQUIÈME SAISON.

JENNY — LE QUAI DES BRUMES, *scénarios.*

LA FLEUR DE L'ÂGE — DRÔLE DE DRAME, *scénarios.*

Enfantimages

PÊCHE À LA BALEINE. *Illustrations d'Henri Galeron.*

GUIGNOL. *Illustration d'Elsa Henriquez.*

PAGE D'ÉCRITURE. *Illustrations de Jacqueline Duhême* (et Folio Benjamin, n° 115).

LE DROMADAIRE MÉCONTENT. *Illustrations d'Elsa Henriquez* (et Folio Benjamin. *Illustrations de Francis Quiquerez, n° 13*).

Dans la collection Folio Benjamin

EN SORTANT DE L'ÉCOLE. *Illustrations de Jacqueline Duhême, n° 114.*

HISTOIRE DU CHEVAL. *Illustrations d'Elsa Henriquez Savitry, n° 116.*

CHANSON POUR CHANTER À TUE-TÊTE ET À CLOCHE-PIED. *Illustrations de Marie Gard, n° 120.*

CHANSON DES CIREURS DE SOULIERS. *Illustrations de Marie Gard, n° 132.*

L'OPÉRA DE LA LUNE. *Illustrations de Jacqueline Duhême, n° 141.*

LE GARDIEN DU PHARE AIME TROP LES
OISEAUX. *Illustrations de Jacqueline Duhême,*
n° 180.

Dans la collection Folio Junior

CONTES POUR ENFANTS PAS SAGES. *Illustra-*
tions d'Elsa Henriquez, n° 21.

LETTRES DES ÎLES BALADAR. *Illustrations*
d'André François, n° 25.

JACQUES PRÉVERT UN POÈTE (Folio Junior en
Poésie, *n° 220*).

COLLECTION FOLIO

Dernières parutions

Impression Bussière à Saint-Amand (Cher),
le 20 décembre 1989.
Dépôt légal : décembre 1989.
1ᵉʳ dépôt légal dans la collection : juin 1972.
Numéro d'imprimeur : 10508.
ISBN 2-07-036119-5./Imprimé en France.